徳間文庫

通《つ》夜《や》女《め》

大山淳子

徳間書店

「悪には原因がない。実体もない。悪とは欠如なのである」

と、古代ローマの神学者アウグスティヌスは言った。

また、彼はこうも言っている。

「葬式は、死者に対する務めというよりは、生者に対する慰めである」

目次

香《こう》とイクラ

心不全、享年六十三。トキばあが死んだ。

アブラゼミがじりじりと鳴く炎天下、庭の真ん中でうつぶせに倒れている姿は、あざらしのようであった。

その時そばにいたのはわたしひとりで、まだ七歳だった。念願のピンク色の自転車が届き、舞い上がっていた矢先の出来事である。

「浮わついた色だ。むかつくわい」

ぶつくさ文句を言いながら自転車に補助輪を取り付けていたトキばあは、作業を終えて立ち上がると、胸を押さえた。それからゆっくりと、まるで根の腐った大杉のように前へのめり、自転車をなぎ倒して、あざらしになったのだ。

通夜は自宅で行われ、黒い服を着た人たちが集まった。

幼いわたしの目には、家の中に墨が流れ込んだように見えた。みな笑顔がなくて、よそよそしかった。父や母でさえ喪服《もふく》を着た途端、別人に見えた。

わたしは涙が止まらなかった。トキばあが倒れてからずっと泣き続けていた。新品の自転車の前かごがひしゃげた。トキばあに壊された。その悲しみと恨みで泣いていた。

トキばあは居間に敷かれた客用布団で寝ていた。顔には白い布。客が来ているのに寝ているなんて。本人がしつこくこだわっている行儀作法に反した行いだと、わたしは不思議に思った。

婆《ばあ》さんにしては大柄で、眉間《みけん》に大仏のようなほくろがある。灰色の髪はオールバックで、割烹着《かっぽうぎ》を身につけていないと、爺《じい》さんに見える。

トキばあはいつも何かに怒っていた。

嫁の作るご飯は柔らかすぎるか硬すぎるかするし、孫は男の子から先に生まれるべきなのにうちは逆だし、彼女に言わせれば、日本語は年々乱れて、この国はどんどん悪くなる一方なのだった。

「子どもは叱《しか》り続けないと与太者になる」と口癖《くちぐせ》のように言っていた。その皺《しわ》だらけの口は不服を申し立てるためにだけ開き、そのついでに食料を吸い込み、茶をすすっているふうに見えた。

ありていに言えば、わたしはトキばあが大っ嫌いだった。

新品の自転車を破壊するなんて！

泣きすぎて頭が痛かった。庭の生垣に立てかけられた自転車の哀れな姿。トキばあの日を盗んで父の肩をもみ、母の料理を手伝い、ねばり強くねだってやっと買ってもらえた自転車が、一瞬にして不完全な姿になってしまった事実をわたしは飲み込めずにいた。しまりのない蛇口のようにぽとぽとと涙を流した。

「こんなにちいさいのに、死ってものがわかるんだねえ」

正子《まさこ》おばさんが感慨深げにつぶやいた。

父の姉の正子さん。トキばあの娘である。結婚はしておらず、霞が関でバリバリ働いているキャリア官僚だ。引き締まったふくらはぎ。背筋がまっすぐで、身内で唯一トキばあに口答えができる人。いつもは近づきがたいオーラをまとっているけれど、この日は物腰が柔らかかった。

「小夜子《さよこ》ちゃんは情に厚い子だ」

正子おばさんはわたしの顔を覗《のぞ》き込むようにして微笑んだ。

「おばあちゃんのために泣いてくれてありがとうね。さ、お寿司をお食べ」

差し出されたお皿には、イクラの軍艦巻きが三貫載っていた。

墨で一色の世界に、宝石のごとく艶《つや》やかな朱色の玉。

夢中で食べた。口の中でぷちぷちと生命の元がはじけ、幼いわたしの体に取り込まれた。命を次々いただいて、腹が満たされると、頭痛は消えた。そのうち坊さんがやってきてお経を唱え始めた。軽快な木魚のリズムが響く。お香の匂い、お経の旋律《せんりつ》、おだやかな大人たち、上等なお寿司、小言を言わぬトキばあ。通夜は心地よいものである。記憶の井戸の底に、そう刻まれた。

その後、わたしは例の自転車を乗り回した。ひしゃげた前かごは父がはずしてくれた。するとそれはもう完璧な自転車であった。通夜は覚えているのに、葬式のほうは記憶にない。いつお墓に入れたのかも覚えていない。わたしにとってどうでもよいことだったのだろう。

わたしは自転車に夢中になった。その記憶は鮮明だ。何時間乗っても注意されない。ちりちりベルを鳴らしてもうるさいと言われない。わたしを叱る人はこの世から消え、わずらわしい障壁はいっさいなく、頭上には清々《すがすが》しい青空が広がっている。わたしは元気いっぱいだった。

ああそれなのに、一年も経《た》たずに弟にあげてしまった。

買う時は「これしかない」と思ったピンク色をある日ふと「子どもっぽくてダサい」と感じてしまい、友だちが乗っている大人びた自転車が欲しくなった。母にねだって翌年、ブルーのクロスバイクを手に入れた。贅沢《ぜいたく》だと注意する人はあの世に行ったので、手に入れるのは簡単だった。

お古の自転車は弟の小太郎《こたろう》が引き受け、なんと壊れるまで乗り続けた。奴は小六になっても低学年女子用お子ちゃまチャリで塾へ通っていた。

男子たるもの、見栄はないのか。友だちから馬鹿にされるだろうと危惧《きぐ》していたら、案の定、門の外で「おんな！」とか「小太美《こたみ》ちゃーん」とからかわれているのを耳にした。姉のわたしは屈辱でいてもたってもいられなかった。

「おかあさん、小太郎に新しい自転車を買ってやってよ」

「でもねえ、本人があれでいいって言うのよ」

そう、当の小太郎は全く気にしていないのだった。

休みの日には自分で手入れをやっていた。丁寧《ていねい》にサビをこそぎ落とし、いそいそとチェーンに油をさす。本人が納得していると、周囲もやがてそういうものと認める。だんだんとその自転車は彼のトレードマークになっていった。大きくなった体をこごめるようにして乗り続ける弟の姿は、奇妙という殻をぶち破り、見る人に新しさを感じさせた。

小太郎は小学校の卒業式のあと、かっこいいクロスバイクを乗り回す友人たちとともに、卒業旅行と称して、九十九里浜《くじゅうくりはま》まで自転車で遠出するという無謀をやってのけた。例の自転車で、だ。ツーリング仲間にはかつて「おんな！」とからかった奴もいた。自宅から浜までは片道八十キロもある。

「ガキチャリで行くなんて。絶対壊れるよ、馬鹿タロー」

中学二年のわたしは鼻で笑った。

読みは当たり、お子ちゃまチャリは目的地付近で壊れたらしい。現地の自転車屋に持ち込んだところ、「手の施しようがない」と言われたそうだ。

「これだけ使い込んだら自転車も本望だろう。引き取ってあげるから、このお金でうちへ帰りなさい」

自転車屋の親父《おやじ》はクズ同然の自転車の代金として、電車賃を小太郎にくれた。小太郎はとことん馬鹿なので、遠慮せずに受け取り、ひとり電車を乗り継いで帰ってきた。

母は恐縮して自転車屋にお礼の電話をかけ、電車賃を返すのどうのとやりとりをしていたが、結局自転車屋は金を受け取らず、母はお礼の手紙と菓子折りを送った。

その後、母と自転車屋の奥さんは長電話をするようになり、家族ぐるみの付き合いが始まった。

わたしも何度か母と一緒に九十九里浜に遊びに行った。

いつ会っても笑顔で、とても感じの良い夫婦だ。店は思いのほか大きくて綺麗《きれい》に整頓されており、色とりどりの自転車が行儀良く並んでいた。三階建てのビルの一階が店舗で、二階と三階が家族の住まいとなっている。

自転車屋のうちには小太郎と同い歳の子を筆頭に、女の子ばかり三人いた。みな目がくりっとしていて、ほっぺたが赤く、サイズ違いのそっくり姉妹で、マトリョーシカ人形のように見えた。

男の子がいない自転車屋の夫婦は、小太郎を息子のようにかわいがった。三姉妹ですら、わたしよりもなぜか小太郎になついた。

小太郎は口数が少なく、興味のあることしか目に入らないし、愛想もないのに、どうしてだかスッと他人のふところに入ってしまう。

人はみな少なからず思惑を持っている。腹を探り合ったり、見込み違いをして傷つけ合ったりする。だから小太郎のような単細胞といると気が楽なのだろう。

こうして弟はふたつの家族をつなげた。ただわたしのお古の自転車に乗っていただけ、なのに。

弟はわが家では存在が希薄だ。主張しないし、逆らわない。家を改装した時だって、二階の日当たりが良くて広いほうの部屋をわたしが選び、弟は北側の狭い部屋をすんなり受け入れた。

わたしは「こっちが欲しい」と言えばいいのだ。いつだって。

振り返ってみると、姉弟喧嘩《げんか》をしたことがない。部屋だっておやつだって自転車だって、いつもわたしが欲しいほうを取り、彼は余り物で良しとしている。わたしは家庭内女王。彼の意向は、ないに等しい。

そんな小太郎をわたしは時にうとましく感じることがある。弟の体の奥にトキばあが潜んでいて、わたしをあざ笑っているように思えるのだ。

「小夜子、お前は小賢《こざか》しいんだよ」

「そんなこまいことで得をして、何がうれしいんだ」

しゃらくさい。

正しい顔をした者って、どうしてこうも鬱陶《うっとう》しいのだ。

ならず者

シャンデリア、真っ白なテーブルクロス、てんこもりの白いバラとかすみ草、くもりのないシャンパングラス、銀のナイフとフォーク、白い皿、皿、皿。

まぶしくて涙が出そう。

本日はにぎにぎしくも弟の結婚式。たいへんめでたい席なのである。

主賓《しゅひん》の挨拶が始まった。

「ご紹介にあずかりました青柳《あおやぎ》と申します。仁科《にしな》小太郎くん、海野《うみの》輪子《りんこ》さん、ご結婚おめでとうございます。ご両家ならびにご親族のみなさま、心よりお祝い申し上げます。ささ、どうぞお楽に。みなさまご着席ください」

出席者の中で最も先に腰を下ろしたのは親族席にいるわたしだ。

久しぶりに履いた中ヒールのパンプス。足の指がおしくらまんじゅうをして、痛いのなんの。パンプスから足を抜くと、いきなり血が巡り始め、足の指が倍に膨らんだような気がした。

「さて、新郎の仁科小太郎くんですが、彼は去年の春たいへん優秀な成績でわが青柳研究室の門をくぐりました。高等専門学校時代から、神童《しんどう》だ、金の卵だと噂になっておりまして」

うわ、そこから始める気？

「われわれ教授陣は彼を企業に取られるな、進学させろと、躍起になりました。野球界でしたらドラフト会議がございますけれども、こちらは学校法人。学生の未来をクジで決めるわけにはまいりません。ぼくはと言えば、ハナからあきらめておりました。そもそも機械工学は若者に人気がありません。実験や課題が多くて単位修得がキツい上に、女子が少ない。青春を謳歌《おうか》できません。ところが仁科くんはぼくの研究室をチョイスしてくれました。いやあ、うれしかったですねえ」

あの馬鹿タローがドラフトだってさ。

弟が結婚することよりも、こうして社会から求められる人材になったという事実に感慨がある。諸行無常の響きあり、だ。

小太郎は二十二歳、嫁の輪子ちゃんも二十二歳。

両家にとっては晴れの舞台だ。ちなみにわたしは二十四歳。姉として参列を求められ、仮病を使いたかったけれども、欠席理由を構築する気力がなかった。

久しぶりに朝早く起きるという偉業を果たし、顔を洗い、両親に腕を引っ張られるようにしてタクシーに乗り込み、式場へたどり着いた。

正直言えば、ここまでで死力を尽くした。誰も褒めてはくれないが。

クリスチャンでもないのにチャペルで誓いをたてている弟を見て、噴き出しそうになるのをどうにか堪《こら》え、やれやれやっとご飯にありつけると披露宴会場に入ったら、式次第に則《のっと》って、主賓である青柳教授の演説が始まったというわけだ。

「人生というものはコインの裏表」

青柳教授はよどみなくしゃべる。自分の青春時代やら、教授になった経緯をだらだらと。主賓の挨拶が終わらないと乾杯できない。砂漠のラクダのように、わたしの喉はカラカラだ。

ラクダ。あのたれ目で口だけ笑っている哺乳類、水を飲まなくても大丈夫なのではなくて、実は一度に百リットルも飲めてしまうのだそうだ。それをコブではなく、血液に蓄えているらしい。

深夜テレビで「動物園で人気のない動物の筆頭」として取り上げられていた。嫌われる理由は「不敵な笑みと泡のようなよだれ」だそうだ。

血液に水を溜めるなんてしたたかだ。家じゅうの引き出しに一万円ずつちょこまか貯め込んでいるようなものである。笑顔で油断させといて、堅実なこと。ちなみにコブには脂肪、つまりエネルギーを貯めているそうだ。引き出しだけではなく、銀行にはどかんと定期預金がある。にやけてしまうのも無理はない。

「仁科小太郎くんに教えることはありません」

まだしゃべる気か、青柳教授。

「彼に助言するとすれば、そろそろ仮眠をとりなさい、くらいなもので。努力は実を結び、大手企業からの誘いがあるでしょう。がしかし、おそらくぼくの懇願に応えて大学に残る道を選んでくれると思います」

ここで青柳教授はいきなり「乾杯!」と叫んだので、みなあわててシャンパンを飲み、わたしの喉もようやく潤った。

青柳教授は名残惜《なごりお》しそうにマイクを放し、しゃべり過ぎて喉が渇いちゃったよ、などと頭を掻《か》きながら席に戻った。

呆《あき》れた。

主賓の挨拶なのだから、新婦の経歴にも触れるべきじゃないだろうか。そもそも結婚式って、女性をアゲるために男性が辛抱する儀式ではなかろうか。なのに小太郎と自分を褒めておしまい、というのはいかがなものか。女性軽視であり、セクシャルハラスメントではないか。

　汚い研究室で日々機械や数字と格闘していると、このような晴れの席では目がくらみ、言うべきことが飛んでしまうのかもしれない。青柳教授もわたしと変わらず、久々にまぶしい場所へ顔を出したモグラ、なのかもしれない。

　心配になって新婦の親族の席を見ると、輪子ちゃんのおとうさんはビールを飲んで真っ赤な顔でウエディングドレス姿の娘に手を振っているし、輪子ちゃんのおかあさんは親戚のおじさんたちにビールを注《つ》いで回っている。普段のおだやかなたたずまいは健在だ。自分たち一家がおざなりにされても、娘が幸福ならばなんの問題もない、と考える人たちなのだ。

　裏表のないまっすぐな人たち。シャンパングラスよりもまぶしい存在だ。

　隣に座っている母がつぶやいた。

「さっちゃんも振袖を着てくればよかったかしらね」

　輪子ちゃんのふたりの妹は錦鯉《にしきごい》のような振袖を着ている。友人たちも色鮮やかなドレスや振袖を着ている。二十二歳の新郎新婦の同級生は、当然のように未婚で、結婚披露宴の出席は初めてなのだろう。みなスマホでの記念撮影に余念がない。青春してる。

スマホ。

わたしも学生の頃は体の一部のようだった。スマホを便器の中に落っことして「ぎゃあ！」と叫んだ途端、目を覚ます、という悪夢も見た。あれほど大切だったスマホは、今、わたしの部屋のベッドの下、黒いバッグに入ったまま仮死状態にある。触れずに一年以上経つ。充電もしていない。

二十四歳のわたしは母から見れば若者だろう。未婚だから振袖を着る権利があるし、成人式用に作ってもらった振袖があるが、わたしはもうすっかり若さから足を洗い、青春を引退した気分になっていて、手を通す勇気はない。

だから今日はブラックフォーマルを着用した。

大学生になった年に「これからは葬儀に制服ってわけにいかなくなるね」と親から喪服として買ってもらった黒のアンサンブルだ。シフォンの長袖のワンピースにボレロを羽織るオールシーズンタイプ。準備をすると不幸は起こらないもので、一度も出番がなかった。本日はワンピースのみ。家から着て来られるので楽だ。

式場に到着して親族控室でぼんやりしていた時、黒留袖に着替えた母がまじまじとわたしを見て「あまりに地味じゃない？」と不安そうな顔をした。

親族が黒を着るのはマナーに適《かな》っている。けれど、喪服として買った経緯を知っているわたしと母は急に心もとなくなり、式場スタッフに頼んで薄いサーモンピンクのコサージュを貸してもらい、胸元を飾った。おかげでどうにかお祝いの席にふさわしいたたずまいになった。なのに今こうして若い子たちの底ぬけに華やかな姿を目にすると、年頃の娘をもつ母親としては、複雑な思いがあるようだ。

母には見えないのだろうか。

二十二歳の彼女たちとわたしの間にある大きな隔たりが。それは「たったの二歳」と言ってしまえない、致命的な違いなのに。

父がぼそりと言った。

「さっちゃんは黒が似合うよ」

無口な父の精一杯のリップサービスだ。

「色白よねえ、小夜子ちゃんは。うらやましい」

伯母の正子さんまでもがこちらを見て微笑んだ。労《ねぎ》らわれているような気がして、むずがゆい。

わたしはずっと家にいるので、肌が透き通るように白い。どんどん透き通って、透明人間になってしまうのではないかと思ったりもする。

正子おばさんは霞が関のバリキャリだけあって、本日もかっこいい。同じブラックフォーマルでも首から胸元までがレース素材で、丈は足首まであって、マーメイドのようなシルエット。まるで女優。身内にひとりこういう押し出しが利く人がいると、誇らしい。

正子おばさんは仕事仲間とよくゴルフをするそうで、「またシミが増えたわよ」と愚痴《ぐち》を言う。その、美容に手が回らない、という姿勢がまたかっこいいのだ。

幼い頃からわたしは正子おばさんを「女の人生の成功例」と格付けし、憧《あこが》れていた。正子おばさんは現在五十七歳。未婚だ。パートナーはいると公言している。

結婚披露宴の席でこんなことを考えるのは不謹慎だけれど、結婚なんてつまらない。ひとりで立つことのできない弱者のするものではないかと思う。専業主婦の母と比べてみても、正子おばさんのほうが断然かっこいいもの。

でもまあ、こんなふうに思う自分は、ひとりで立ってもいないくせに、結婚もしていない。どちらも当分できそうにない。苦しい。お腹が苦しい。

背筋を伸ばす。よし、まだ入る。

新郎新婦の友人たちが代わる代わる歌ったり、祝辞を述べたりする間も、次々と料理が運ばれてくる。わたしはご馳走《ちそう》をせっせと片付けてゆく。ひとつ残らず食べ尽くすつもりだ。

子どもの頃、トキばあから言われた。

「残さず食べるのが作った人への感謝の意になるのだ」

ちょっとでも残すとうるさく言われたので、わたしは何でも食べられるようになった。味覚が確立する前から叩き込まれたので、好き嫌いはない。胃が丈夫で、給食を残したことがない。学生時代は「ミス胃袋」と悲しいあだ名が付いた。

わたしは小太郎と輪子ちゃんに「おめでとう、お幸せに」と口に出して言うことができそうにないので、その代わりに、全部食べる、皿を洗うように食べる、という行為で祝意を示そうと思う。

メインディッシュの牛フィレステーキにナイフを入れた時、脳内で青柳教授の声が再生された。なんと教授は新郎の姉の紹介を始めるではないか。

「小太郎くんの姉君の小夜子さんは、中高大一貫教育の女子校を無事ご卒業されました。乾杯！」

喉が渇く前に終わってしまう最短プロフィールだ。

赤ワインを口に含む。柔らかな牛の脂と辛口のワインが溶け合う。どん底にいたって、おいしいものはおいしい。

大学を卒業してから今日までの一年と三ヶ月、人に説明できることは何もない。潔《いさぎよ》くゼロ、である。十五ヶ月も無為に過ごし、明日からの予定も皆無。悪い夢でも見ているようだ。

「子どもは叱り続けないと与太者になる」とトキばあは口癖のように言っていたけれど、その通り。与太者を辞書で引くと、「生業《なりわい》のないならず者の意」で、わたしはまさにそれ。とにかく食らう。出てきたものは食らう。それがならず者にできる精一杯の祝意表明だ。

お腹が張り出すほどに食べ尽くした頃、披露宴は終盤を迎え、照明が落とされた。金《きん》屏風《びょうぶ》の前ではスポットライトの中、両親への花束贈呈の儀式が行われている。海野家の両親は涙涙で、うちの両親はくすぐったそうで、どちらもとってもうれしそう。小太郎はくたびれてしまったようで、眠たそうだ。

小太郎は本日、「才能があって未来を約束されたエリートで、おまけに幼なじみと結婚するくらい女性には一途」という具合に、持ち上げられっぱなしだったけれど、それは嘘偽《いつわ》りのない事実である。姉のお古の自転車に乗り続けるおおらかさがあり、結果当たりくじを引くという運の良さを持っている。

青柳教授には気の毒だけれど、小太郎は大学には残らないと思う。

輪子ちゃんは七年前にわたしにこっそり教えてくれた。

「小太郎くんは『りんりんサイクル』を継ぐよ、と言ってくれてるんだ」

七年前だから小太郎と輪子ちゃんは十五歳。その時わたしは「もう将来を決めちゃうの？」と半信半疑だったけれど、小太郎は高校に進まずに高専を選んだ。結婚するために早く一人前になりたかったのだろう。奴は十五歳にして不惑。将来を決めちまったのだ。

うちの両親はびっくりしていた。高校進学を信じて疑わなかったから、「え、なんで」ととまどいがあったみたいだ。けれどすぐに、「まあ、やってみたら」と自由にさせた。トキばあなら何と言っただろうか。残された家族はみな緩いので、反対するとか教え諭すようなことはしない。

十二歳で出会って、おとぎ話みたいな初々しい恋を育《はぐく》んできたふたり。彼らの夢はリアリティがあり、さわやかだ。

ところが高専にいる間に複数の大学から声が掛かった。小太郎は身内が思っているよりも優秀だったのだ。本人は難色を示したけど、輪子ちゃんのおとうさんが助言をくれたんだ。

「うちを継いでくれるのはうれしいけれど、俺もまだ元気だし、小太郎くんは若いうちにたくさん勉強をして、可能性を広げてみたらどうだろう」

おじさんのことを尊敬している小太郎は、素直に言うことを聞いた。

輪子ちゃんも、うちの両親も、小太郎の進学を喜んでいた。

わたしだけが違っていた。小さなナイフで心の奥をしゅっと切られたような痛みを覚えた。

ずっと後ろで砂利道を歩いているはずの小太郎が、いつのまにか前にいて、いや違う、高速道路をスポーツカーで突っ走っていて、わたしからはあいつが見えるけれど、小太郎からはわたしが見えなくて、あいつはどんどん先をゆく。おいてけぼりをくったわたしはいつの間にか草ぼうぼうの迷路に閉じ込められてしまっている、そんなふうに思えたのだ。

小太郎はでも、遅かれ早かれ自転車屋になる。そこは揺るがないはずだ。青柳教授、御《ご》愁傷様《しゅうしょうさま》。

披露宴は滞《とどこお》りなく終わり、新婚夫婦は友人たちとの二次会があるそうで、父と母は海野家の両親と式場のカフェでお茶をするという。あなたもおいでと誘われ、「疲れたから」と断った。母が心配そうな顔をしたので、「久しぶりの外出だから、本屋に寄ってくる」と明るく言い直した。

わたしはコサージュをスタッフに返し、光から逃げるように式場を出た。

徒歩三分で駅に着くはずなのに。

歩けども歩けどもそれらしき場所へは出ない。

静かな住宅街をもう三十分以上歩いている。家にこもっている間に脚力が衰えてしまい、普通の人なら三分で着くところをこんなに時間がかかってしまうのだろうか。それとも道を間違えたのだろうか。来る時は家からタクシーを使ったので、式場から駅までの道は不案内だが、いくらなんでも三分で着く場所にたどり着けないわけはないと、タカをくっていた。

方向感覚欠如。能力って使わないとこんなに落ちるのか。

ブラックフォーマルで住宅街をひとり歩き続けるのは気がひける。電車で帰ることを思えば、コートを着てくるべきだった。そういうちょっとした段取りというか、数時間先を見越して行動することすらできなくなっている。

夕日がまぶしい。

今日は久しぶりに朝日と夕日を見た。それを見るのが当たり前の頃は気にも留めなかったけれど、おひさまってすごい。人が結婚しようがのたれ死のうが、顔を出しては引っ込めるのをやめないのだから。

「ああ……」

喉からため息がもれた。と、頭上で叱咤《しった》するように、「あー！」と力強くカラスが鳴いた。

足を止め、「潮時かな」とつぶやいた。

潮時ってやめる時に使う言葉だっけ、始める時だっけ。どちらにしろターニングポイントであることは間違いない。

このまま歩いたって埒《らち》があかないし、このままの自分でいるのも限界だ。

顔を上げると、古そうな歩道橋が目に入る。あそこへ上がって方角を確かめよう。

誰も使ってなさそうな埃《ほこり》っぽい階段をゆっくりと上ってゆく。足の指が痛い。太ももがこわばる。筋力も衰えてしまい、年寄りみたいだ。

なんとか上りきると、急に視界が広がった。

オレンジ色に染まった街並み。都心から中央線で十数分の住宅街だ。緑が少なく、コンクリートに覆《おお》われていて、たいして面白みのない風景だけれど、夕日色に染まると絵のように美しく見える。わたしもオレンジ色に染まり、絵の一部になった。絵の中にいれば、ならず者には見えまい。

欄干に肘をつく。ざらりとした感触。砂埃と錆《さび》。

遠くにチャペルのとんがり屋根が見える。その向こうに見えるのが駅舎だ。やはり道を間違えた。いつどこで間違えてしまったのだろう。

どうしてわたしは今、無所属の人なのだろう。

矢印に導かれて

小学生の頃のことだ。

近所で同じ学年の赤井理香子《あかいりかこ》が学習塾へ通い始めた。たしか五年になった春だ。わたしもつられて塾へ通い、一緒に中学受験をして、わたしだけが第一志望の女子校に合格した。理香子は落ちて公立中学へ行くことになった。

一緒に通えないのは残念だけど、落ちたのが自分でなくてほっとした。もうわたしは受験をしなくてもいい、このまま付属の大学まで行けるのだと、解放感に浸った。憧れの制服、入学式。すべてが光に包まれた記憶だ。

入ってみると、女子ばかりの環境がわたしには合っていた。気楽だったし、のびのびできた。校則は厳しくなくて、それでもそんなに乱れる子はいなくて、学年でひとりかふたりは不登校の子がいたし、退学した子もたしかひとりいて、その理由が妊娠だという噂も立ったけれど、世間一般のレベルからすれば、良い子たちで、その中にいて、わたしは安定した成績を維持し、無事大学へ上がることができた。

大学では折り紙サークルに入った。中学高校はテニス部で、練習が厳しかったから、もう汗をかきたくなかった。緩く和やかにを期待していたのに、サークルにも熱心な先輩がいて、全国大会を目指す、と言い出して、シマッタと思った。

他大学との情報交換会が頻繁に行われ、新しい折り方を開発したり、『第一回折り紙甲子園』をうちのサークルが主催して、京大と東大の頂上決戦も見た。わたしは常に裏方でいた。戦う、なんて、折り紙らしくない。

折り紙が好きだ。鶴、奴《やっこ》さん、船、駕籠《かご》、昔からある折り方は指が覚えている。創作するよりも、正しく型にはめる作業が好きだ。正解が決まっていて、言われた通りにしていけば、全員そこにたどり着ける。そのお約束が心強い。正しく折ったのに目的の形にならない、なんてことはありえないわけで、失敗には必ず原因があり、そこをつきとめて修正すれば、次の成功は約束されるのだ。

折り紙は万人に公平性を保つ。そこが魅力だ。

あの頃のわたしはまだ光の中にいた。学生生活が終了した先も人生は続くのだと、そんな当たり前のことに気づいたのは四年生になろうとする春だ。

就職活動が始まった。

三月から解禁される会社説明会。そこで「試験を受けたい」と思う会社があったら、エントリーシートを提出する。ネットで申し込みができ、これが締め切られるのが四月末。体はひとつしかなくて、足は二本しかないのに、短期間で会社を回って、選んで、申し込まなくてはいけない。たいへんだけれど、深刻な不安はなかった。景気は回復して、募集はたくさんあって、就職活動は売り手市場と言われていた。

ああ、それなのに。

書類選考で撥《は》ねられ続け、面接までたどり着けない、という状況が続いた。三分で駅に着けるはずが、何故《なぜ》か夕日を見ながら歩道橋の上にいる、今と同じ、騙されたような気持ちだ。

大学の友人たちも似たり寄ったりで、すぐにみんなの顔にあせりが見え始めた。傾向と対策を練って勝ちに行くというノウハウは受験と同じだけれど、エスカレーター式の女子校で、高校受験も大学受験も他人事《ひとごと》だったわたしたちは、勝負勘がすっかり鈍っていた。

無理に就職しないで大学院に進む、と早々に勝負から離脱した仲間もいた。わたしは割り切れず、あがいた。人手不足の昨今、就職できないはずはないのだから。

六月にもなると、内々定をもらった、という話がちらほら耳に入ってきた。わたしは五十七社の会社説明会に参加、エントリーシートを四十九枚提出してひとつも面接につながらず、二次募集のエントリーシートを書き続けていた。

シートを書けば可能性が広がると思い込んでいた。落ち続けたパニックで思考停止状態。作戦の練り直しができなかったのだ。

大学の就職課による模擬面接試験は三度受けて、三度とも高評価を得ていた。面接にさえ持ち込めれば大丈夫だ、という思いがあった。

大手企業ばかりにシートを送ってしまったのが敗因だと考え、中小企業にも送り始めた。業種は選ばなかった。どの会社にも人事、経理、庶務の仕事があるだろうし、文系のわたしのやることにそう変わりはないと思った。

そのうち七社から連絡があった。やっと面接にこぎつけた。この時かなりほっとした。大丈夫、これで安心、という思いがあった。

一番初めの面接は、中堅どころの文具メーカー。えんぴつや消しゴムなど子どもの頃から馴染《なじ》んだものの中に、その会社の製品があった。折り紙は製造していないので、サークルの話は効果的ではないだろう。わたしはリクルートスーツに身を固め、肩まである髪をぴっちりとひとつにまとめて、こぢんまりとした古そうなビルに入った。いよいよ勝負の時がきたと、わたしは張り切っていた。

ビルの一階の受付で面接会場を尋ね、狭い階段を上ってゆくと、顔色の悪そうな青年とすれ違った。リクルートスーツを着ている。面接が終わったのだ。冴《さ》えない表情からすると、駄目だったのだろう。

指定された二階の端の部屋のドアの前には、誰もいなかった。廊下に椅子がずらりと置いてあって、面接待ちの学生がたくさん並んでいる、という光景を想像していたけれど、それは大手企業のケースのようだ。中堅企業だからきっとアットホームだ。大勢を次々にふるい落とすやり方ではないのだと、自分に言い聞かせた。

ノックをして中へ入ると、そこは青い部屋だった。青いというのは、壁や床の色ではなく、雰囲気というか、ひじょうに殺風景な寒々しい部屋で、ダンボール箱が隅に七箱積んであった。七だと数えられるくらい、わたしは冷静だった。

部屋の真ん中にスチール椅子がひとつ置いてあって、その向こうに横長のテーブルがあり、四人のおじさんが並んで座っていた。全員、ライトグレーの作業服を着ていた。スーツではなく作業服というのが想定外で、肩の力が抜けてゆくような感覚があった。ほっとしたのか、がっかりしたのか、自分でもよくわからない。

わたしは妙に腹がすわっていた。次の面接への練習にもなるし、完璧を目指そうと考えた。まずは三十度のお辞儀をして、「かけなさい」と言われてから椅子に腰を下ろした。練習してきた通りに自己紹介をして、志望動機を聞かれると、「御社の製品を子どもの頃から愛用していました」と話した。

そのあとは何をどう話したか、詳細は記憶にないけれど、はきはきとした口調、誠実そうな物腰、まっすぐな姿勢を心がけ、健やかな学生生活を語り、最後は「与えられた仕事を精一杯がんばりたいと思っています」という言葉で締めくくった。

ちゃんと言えた、とちることなく言えたという達成感があった。でも何故だろう、おじさんたちの反応は鈍く、まるでのれんに話しかけているようであった。

右端に座っていたおじさんがぼそっとつぶやいた。

「話にならない」

心臓がどくん、と鳴った。

話に……ならない？

何をどう間違えてしまったのか、脳内の検索エンジンをフル回転させた。失敗しちゃった？　態度？　失言？　何が失言？

右端のおじさんは先ほどよりもはっきりとした声で言った。

「仕事は与えられるものではない。受付やりたいとか、経理やりたいとか、計算得意ですとかさあ、何でもいい、具体的に何がやりたい、何ができますって、あなたは言えないの？」

そこから先は覚えていない。記憶は完全消去。わたしはたぶん何も言えなくなって、挨拶もせずに部屋を出てしまったのだと思う。階段をころげ落ちないように一段一段降りるのが精一杯だった。

どこがどうショックだったのかも、いまだによくわからない。

「与えられた仕事を精一杯がんばりたいと思っています」

この発言が反感を買ったのは確かだ。

この言葉は、就職課の模擬試験では使っていなかった。エントリーシートで撥ねられ続けて、やっと面接にこぎつけて、会うと言ってくれた会社への心からの言葉だった。内定をください、居場所をください、いただけたら何でもやります、そんな心境だった。

自己紹介や志望動機については、取り繕った聞こえのよい言葉を並べた。でも最後のこの言葉は自然に発せられたものであった。それが相手にとっては「話にならない」ってことなのだ。つまりわたしは話にならない人間なのである。

それ以降、わたしは面接を受けていない。

残り六社は無断欠席というイケナイコトをした。査定され「駄目」と烙印《らくいん》を押されるのが怖かった。行かなければ査定はされない。だから行かない。

就職活動について一切考えないことにして、卒論に着手した。

　周囲は次々と内定を貰《もら》い始めた。やはり景気は良いようで、行き先が決まらなかった卒業生は最終的にわたしひとりであった。

　たったのひとり！

　残り六社を受けていれば、どこかに入れていただろうに、どうしてだかあの時、心が萎えてしまったのだ。

　耳に入る情報では、圧迫面接というのがあって、相当ひどい目にあった学生もいたらしい。わたしは怒鳴られたわけではない。セクハラもない。何がショックだったの？　と問われれば、別に、としか答えられない。ただ、混乱してしまったのだ。自分が「良い」と思っていることが「良くない」と言われて、自分の口から出る言葉が信用できなくなった。たった一度のつまずきで、次の一歩が踏み出せなくなった。

　どう考えたって、小さなことなのだ。何度思い返しても、ささいなことなのだ。たった一社、たった一度の面接ではないか。たったひとりのおじさんの、たった一度の発言を就活離脱という大きな挫折に結びつけてしまったのは、まぎれもなく己《おのれ》の失態。

　面接に罪はない。面接後の逃避行動こそが失敗なのである。

　今思えば、シートを撥ねられ続けたあたりから、心が弱っていたのだ。仁科小夜子という一戸建ての屋根瓦が吹っ飛び、外壁がはがれ落ち、少しずつ傾いてゆき、面接での「話にならない」で、どうにか残っていた一本の柱がぽきんと折れ、あとはどしゃどしゃとすべてが崩れ落ちてしまったのだろう。

それでもわたしには卒論というやるべきことがあり、大学には居場所があった。何故就職活動を途中でやめてしまったのか、尋ねてくる子はいなかった。就職を決めた子に対しても「どうしてそこに決めたの」などとこちらも尋ねはしない。みな多少なりとも傷ついていて、互いに触れて欲しくないことには触れない、という暗黙の了解があった。

卒論を出し終えたあとは、仲が良かった五人で沖縄旅行をした。母は「楽しんでおいで」と快《こころよ》く送り出してくれたし、南の海は美しく、沖縄料理はおいしかった。

わたしは海よりも美《ちゅ》ら海《うみ》水族館に惹《ひ》きつけられた。薄暗い室内に巨大な水槽、悠々と浮遊する色とりどりの魚たち。異世界だ。そこから離れがたく、みんながホテルへ帰ったあとも、ひとり巨大な水槽の前で座り続けた。

集団で一斉に泳ぐ美しい魚たちが、就職を決めた優秀な人々に見えた。流れに乗れずにぼんやりと浮遊するマンタが己のような気がした。

わたしは大きいのだ、と思ったのではなくて、でくのぼうだ、まぬけだ、と思った。マンタよ、一緒にしてごめんなさい。でもそう考えると、不思議と辛さは減ってゆき、こんな姿ではみんなと同じスピードを出すのは無理なのだと納得できた。

こうして身の程を知ったわたしは、卒業したあと、しばらくアルバイトをしようと思い、自宅から一キロほど離れた大きなスーパーマーケットのレジ係に応募することにした。新聞に挟まっていたチラシで募集情報を見つけたのだ。時給は九百円。自転車で通えるし、シフトも自由に組めそうで、バイトをしながらじっくりと正規の就職先について考えようと思った。

チラシにあった電話番号にかけると、なるべく早くいらしてください、履歴書は要りません、こちらの用意した紙に書いていただきます、と言われた。急《せ》かすような口調だった。あわてて行ってみると、スーパー裏手にある事務所の一室には、主婦らしき人たちがすでに十人ほど集まっていた。募集人数はたった二人なのに。

「あら、さっちゃんじゃない！」

知っている顔にさっそく見つかった。小学校時代の友人、赤井理香子のおかあさんだ。中学受験で落ちた理香子。高校くらいまでは、駅や近所の道で本人と顔をあわせることもあったけれど、最近は全く見ない。

「良かった。さっちゃんがいて。おばさん、働くの久しぶりでなんだか緊張しちゃって」

理香子とそっくりの、丸顔で小太りのおばさん。知っている人に会いたくなかったが、会ってしまうと妙にほっとした。

アルバイトは大学の学生課を通じてやったことはある。中学受験の会場で案内係をしたり、用紙を配ったり集めたりするバイトで、学外で働くのは初めてだ。心細いのはおばさんと同じだ。

時間になるとスーパーの職員がやって来て、「ご記入ください」と用紙が配られた。住所氏名と電話番号、年齢、ごくごく簡単な履歴を書く欄がある。

おばさんは緊張しているのか、用紙の書き方がわからないと言うので、教えてあげた。エントリーシートを書き続けたわたしには、目をつぶってでも書けるような簡単な作業だ。ちらと見ると、おばさんは昔地方の農協に勤めていたらしい。なんだ、立派に社会人経験があるじゃない。

理香子はいったいどうしているのだろう？　公立の中学を卒業して都立高校に進学したところまでは母から聞いている。難易度の高い高校だったから、がんばったんだなあと感心した記憶がある。

「面接と、最後に筆記テストがあるらしいの。さっちゃんみたいな若い子がいるんだから、わたしは絶対落ちるわ」

目の前のことで頭がいっぱいなのか、おばさんは理香子の話をしない。理香子も就職でつまずいたのかな。だから言いにくいのかもしれない。

「スーツで来るべきだったかしらねえ」

おばさんは紺色のトレーナーにデニムのスカートを穿《は》いている。毛玉が付いていたから、取ってあげた。わたしは白いシャツに黒のパンツ。紺のカーディガンを羽織ってきた。スーツで来ている人もいるけれど、スーパーのレジ係募集にそれほどかしこまるのはどうかと思う。就職活動に必要なのはＴＰＯで、その観点からすると、わたしの格好が最もふさわしいと思えた。

書類を提出した順番に面接に呼ばれていく。わたしとおばさんは後ろのほうだ。面接は型通りのようで、早いテンポで呼ばれていく。面接が終わった順に十分程度の筆記テストを受けて、随時帰って良いということだった。合否は電話で連絡してくれるそうだ。受かってもそうでなくても、必ず電話で伝えるとのこと。応募者は顧客でもあるから、扱いが丁寧だ。

楽勝な気がしていた。時間つなぎのバイトだし、たいへんなのはこれから先、正規の就職先をどうするかである。もうすぐおばさんが呼ばれるという時、好奇心に負けてついに聞いてしまった。

「理香ちゃん、どうしてます？」

おばさんは困ったような顔をした。しめしめと思った。やはり就職活動に失敗したのだ。

仲間なのだ。

おばさんは深くため息をつき、恥ずかしそうな顔をして「あの子まだ卒業できていないの」とささやいた。

卒業もできなかったのか！

それはたいへんだ。他人事ながら胸が痛む。どうやってなぐさめたらいいのかしら。

「気に病まなくても、留年って、そんなに珍しいことじゃないですよ。うちの学校にも何人かいます」と励ました。

おばさんは首を傾げた。

「今はそんな時代なのかしらねえ。四年で卒業できると思っていたのだけど」

「ひさしぶりに連絡取ってみようかなあ。お茶でもしたいし」

顔を見たい、と心から思った。

「今あの子、イギリスにいるのよ」

「イギリス？」

「大学の交換なんとかっていう制度で、三年生の夏からあっちへ行っていて、もう帰る時期なのに、まだ向こうで勉強するって」

「留学ですか？　留年じゃなくて、留学？」

「留年と留学ってどっちがどうだっけ？　とにかく向こうの学生とこちらの学生を交換するんですって。寮費とか、何かと物入りで困ってしまう。それに、いつまでってこともあの子、教えてくれないものだから」

それでおばさんはパートに出ることを決めたのだと言う。謙遜ではなくて、ほんとうに困っているようだ。

恐る恐る大学名を聞いて、心底驚いた。理香子は超エリートコースに乗っかっていた。中学受験の明暗がこうも見事にひっくり返るなんて。失敗は成功の基、ということわざを地で行っている。

頭の中でピーッという音が鳴り始めた。耳鳴りなのかな、よくわからないけど、ピーッがやまない。

おばさんが面接に呼ばれ、そのあとにわたしが呼ばれ、もう何をどうしゃべったのか覚えていない。最後の筆記テストは、小学生レベルの計算なのだけれど、97引く18みたいな問いに、ひどくあわててしまって、半分も解けずに提出時間になった。部屋を出たところでおばさんが待っていたけれど、わたしは逃げるように帰った。

帰宅して服のままベッドに横たわっていると、スマホが鳴った。スーパーからに違いない。「残念ながら」の声を聞くのが怖くて、出ることができなかった。またイケナイコトをした。

その日からわたしはずーっとうちにいる。

スマホは「残念ながら」の発信機に思えて、触れるのが怖い。


家にいることに飽きてもよさそうなのに、不思議と馴染んでいる。

好きなだけ寝て、お腹が空いたら起きて、母の作ったご飯を食べて、本を読んだり古い映画をテレビで観たりして、そうこうしているとすぐに夜が来る。深夜テレビも面白いし、学生の頃よりも一日が過ぎるのが早い。

中身スカスカの日々。家にひきこもって一年と三ヶ月。

ひきこもって？

そうか。わたしってひきこもりなのか。今初めて気づいた。世に言うひきこもり、社会現象のひとつであるひきこもり、負けの代表みたいなひきこもり、という身分になってしまっていた。

感無量。

ひきこもりという人種について、わたしには先入観があった。暗い部屋でひとりパソコンに向かっているイメージだ。体はひきこもっているものの、ネットで他人と繋《つな》がっているイメージ。自分はそうじゃないから、結び付かなかったよ。

ひきこもりにも多様性があるってことを身を以《もっ》て知る。わたしはパソコンもスマホも使わない。自分の部屋にこもっておらず、リビングでテレビを見るし、家族と話すし、クジラに餌もやる。

クジラというのは黒い出目金《でめきん》のこと。

大学二年の秋に他大学の学園祭に友人と遊びに行って、アメフト部主催の金魚すくいコーナーで、赤い金魚を二匹すくった。

するとそのコーナーの仕切り役の、真っ黒に日焼けした男子が「おまけや」と言って黒い出目金を一匹入れてくれた。関西弁が新鮮だった。

黄山陽介《きやまようすけ》くん。アメフト部三年で、公式戦には一度も出たことがなく、万年補欠と自称していた。

黄山くんとは一回だけデートした。有名なアニメの実写化映画を観に行った。映画はびっくりするほど面白くなくて、観たあと、カフェで食事をした。

「くそつまらん映画やったけど原作はええんやで」と黄山くんは言った。知っていたけれど「そうなの？」と驚いてみせた。

「出目金、元気にしとるか？」

「そやから、おまけにあげた出目金の名前聞いとるんや」

「おまけ」

「名前は何や」

「うん」


「だから、おまけ」

黄山くんが「おまけや」と言ったから、あなたの言葉を名前にしたの、とは言わなかった。実際そういうことだったし、ニュアンスが伝わればいいなと思った。黄山くんは呆れた顔をして「いくらなんでもそれはないやろ、ちいそうても命あるんやで。そや、クジラにせえ」と言った。

以来クジラと呼んでいる。

二回目のデートはなかった。次はこちらからメールをすれば良かったのだけれど、断られるのが怖くてできなかった。会いたかったら、向こうから連絡をくれるはずだと思ったし、会いたいと思ってくれる人とでなければ、会う意味がないと考えた。今思えば、会いたいと思わせる努力を怠っていた。わたしは会いたかったのだから、こちらからメールすれば良かった。

傷つかないよう細心の注意を払って生きてきた結果が、今のわたしなのである。赤い金魚は二匹とも死んでしまい、黄山くんがくれたクジラだけが今も生きている。わたしの中の唯一の青春の証《あかし》であり、懐かしい思い出だ。クジラを見るたびに、あれは夢ではない、あったことだ、と思える。だからクジラに餌をあげることは、わたしにとって大切な仕事なのだ。

庭にも出る。週に一度くらいは。日に当たらないと骨が弱ると母が言うので、庭に椅子を置き、そこで三十分くらいじっとしている。母は草むしりをしたり、花壇の土を入れ替えたりしている。あなたも手伝いなさいよと言うけれど、しゃがむのも億劫《おっくう》だ。

わたしは毎日だるくて、眠たかった。

イルカは左右の大脳を交互に休める、という方法で睡眠を取るそうだ。半球睡眠と言うらしい。わたしもそうなのだろうか。卒業してからずっと半分眠っているように過ごしている。

たまに頭が冴えて眠れない夜もあり、その時は折り紙を折る。一度折り方を覚えたら忘れない、という特技がわたしにはある。丁寧に折りさえすれば、美しく仕上がる。努力がむくわれる。そのことがわたしを安心させた。

家にこもり始めた最初の一ヶ月くらいは、どこか解放された気分があった。失敗を恐れていた頃よりも、失敗が現実になってしまったほうが、ストレスがない。しかしそのうちだんだんと重たくなってきた。何かが頭に乗っかっているような気がするのだ。例えていうなら、湿った雑巾みたいなもの。それはもうわたしの頭部の一部のようにずーっとあって、その重みで首と肩がこわばるのだ。寝ている時だけはその重みから解放される。だからずっと寝ていたい。

カラスが鳴いた。

夕焼け小焼けで日が暮れて
山のお寺の鐘がなる
おててつないでみな帰ろう
カラスといっしょに帰りましょう

歩道橋の上で夕日に染まった街を見ながら古い童謡を口ずさんでいたら、黒い矢印が目に入った。

矢印に導かれて橋を降りた。

それは住宅街の十字路の民家の板塀に貼ってあり、白い紙に濃い墨で「目を覚ませ！」とばかりに主張していた。矢印の下には墨字で「丸目川《まるめがわ》家」と書いてある。葬儀の案内表示である。矢印が指し示すほうへ歩いてゆくと、また矢印がある。二枚目は電信柱に貼ってあった。

愉快になってきた。

小学生の頃、学校行事でやったオリエンテーリングを思い出す。目印のヒントに沿って目的地にたどり着くゲーム。わたしは誰よりも目敏《めざと》く、一番にゴールにたどり着くことができた。目端のきく子だった。あの頃は起きていたのだ。

黒い矢印に誘《いざな》われ、足の痛みも忘れて歩いた。矢印は全部で五つあった。駅から離れてゆくのを感じたけれど、ゴールにたどり着き、正解を確認したかった。

たどり着いた先は、葬儀場ではなく、団地の集会所であった。

入り口に「丸目川家通夜」と書かれた立て看板があった。そうか、通夜なのだ。最寄り駅から矢印が貼ってあるのだろう。矢印を逆にたどれば、駅に着けるはず。

ほっとした途端、懐かしい匂いが漂ってきた。

お香だ。

肌が粟立《あわだ》った。恐怖ではなく、むしろ何だろう、陶酔に近い甘やかな感情がわき、全身の肌がむずがゆくなった。建物の奥からかすかにお経が聞こえて来る。お香とお経。ああ、これは。記憶の井戸の底で眠っていた感情が目を覚まし、血流に乗って全身に行き渡ろうとしている。

「どうぞ、こちらです」

背後から声をかけられた。

弔問客《ちょうもんきゃく》に間違われた。ブラックフォーマルだからだ。

スタッフらしき女性に促《うなが》されて丸目川家の通夜に参列するはめになった。ふいうちのことで、「違います」と言えなかった。そこは小学校の教室くらいの広さの、こぢんまりとしたスペースで、スチール製の本棚には絵本や趣味の本が並んでいた。

簡素な祭壇《さいだん》には白い菊の花が飾られ、棺《ひつぎ》があり、背中の丸い坊さんが立ったままお経を読んでいた。

受付はない。案内してくれたスタッフはいなくなってしまい、勝手がわからないまま、とりあえず後ろの席に座ってみた。折りたたみ椅子だ。服装は気味が悪いほど場に馴染んでいる。人の後ろ頭と背中ごしに祭壇が見える。誰もこちらを見ない。

わたしは妙に落ち着いていた。

お経を聞きながら抹香の香りに身を委ねていると、しだいに肩の力が抜けてゆく。ずっと頭の上に乗っかっていた湿った雑巾は消え、肩から上が軽くなってゆく。息をするのが楽になり、ここしばらく感じたことのないおだやかな心持ちになった。ライティングも柔らかくて心地よい。結婚式のまぶしさは攻撃的であった。

参列者は少ない。最前列にひとり。喪主だろう。わたしを入れて十一人のつつましい通夜である。

遺影は五十代くらいの男性。急だったのだろうか、ちょうど良い写真がなくて、小さいのを引き伸したようで、ひどくぼやけている。参列者は背中しか見えないけれど、泣いている人はいないようで、でもさすがにわたしほど愉快を感じている人もいないのだろう、みな寡黙《かもく》にうなだれている。

スタッフが戻ってきて焼香《しょうこう》を促すと、最前列の人から立ち上がって祭壇へと進んだ。奥さんだろうか、痩せた中年女が黒無地の和服姿で棺を覗き込んでいる。そこに死体があるのだ。棺は見ないようにしよう。

女の背には悲しみよりも怒りのようなもの、ぴりりとした緊迫感みたいなものが漂っている。焼香をして合掌したあとは、参列者を振り返り、浅くお辞儀をしてから席に戻った。続いて次々に人が立ち、焼香を済ませてゆく。観察してみると、やることはいたって簡単だ。わたしにもできそう。

前の人たちの所作を盗み見て頭に刻むと、見た通りにやってみる。まずは喪主らしき女に一礼し、遺影にも一礼。抹香をつまんで、目の高さに押し頂くように掲げてから、香炉《こうろ》にぱらぱらとくべる。それを二回繰り返し、もう一回やるんだっけと少し迷ったけれど、二回にとどめ、手を合わせる。この時、数珠《じゅず》を持っていないことに気づいた。他の人は持っている。ま、いいや。ないものはない。手を合わせて目をつぶり、「ドウゾヤスラカニオネムリクダサイ」と心の中でつぶやいた。十六文字の黙禱《もくとう》がちょうどよい間《ま》に思え、目を開ける。棺は見ない。はい、焼香終了。

再び喪主らしき女に一礼したが、彼女は棺のほうへ視線を向け、睨《にら》むような目をしている。血走った大きな目。やはり怒っているようだ。

なんだか死んだ人が気の毒になる。死んでしまったのだから、許してあげてほしいと、見ず知らずのわたしは思った。

焼香後は残る人と帰る人がいた。わたしは自分の焼香を終えると、お経をバックミュージックに斎場をあとにした。古い日本映画のワンシーンを演じきったような高揚感が胸に満ちてゆく。

建物の外へ出ると日が暮れかかっていた。

ラベンダー色の空に三日月が見える。

子どもの頃、親に連れられて映画を観に行った時のことを思い出す。アニメ映画の二本立てを観てから劇場を出ると、外はいきなり夜になっていた、あの時の驚き。何かに夢中になっていれば、世界は一変する。昼が夜に。憂鬱が爽快に。わたしは結婚式での鬱屈が解消され、えも言われぬ安堵《あんど》感に包まれていた。黒い矢印を逆さまに読みながら、駅へと向かった。

五千円

あれから通夜のひとときが頭から離れない。

不幸が基本にある空気感。

その空間にいたい。もっと浸りたいと強く願うようになった。

もちろん弔問客の中には、おととい宝くじに当たったとか、昨日好きな人から告白されたとか、幸福な人もいるだろう。しかし通夜の席では幸せを見せびらかしてはいけない。良いことは封じ込め、遺族の悲しみに思いを馳せ、悲壮な面持ちでそこにいなければならない。不幸が尊重される世界である。

人生がコンチクショーなわたしにとって、これほど居心地の良い場所があるだろうか。通夜に行きたい。その場に身を置きたい。そこから「行くぞ」に変化するのに時間はかからなかった。

身内の死を待っていても埒《らち》があかない。見ず知らずの人の通夜に紛れ込めばよいのだ。

久しぶりに野心を持った。一年と三ヶ月の半球睡眠から目覚めたのだ。
野心を叶えるには準備が必要だ。まずはスマホを起こす。おひさしぶりとつぶやきながら充電し、起動させてみる。呆気《あっけ》なく目を覚ました。着信履歴の数は思ったほど多くない。確認せずにオール削除。

さっそく都内の葬儀場を検索してみる。

いつどこで誰の通夜が行われる？

そのような情報は見つからない。公開されているのは芸能人とか政治家くらい。それも古い情報ばかり。

考えてみれば、市井《しせい》の人々の葬儀は個人情報である。ネット公開などされるはずもない。そもそも人の死は予測できないから、誰それの葬儀は来月の何日にあります、というようなスケジュールはありえないわけで、やはりぶっつけ本番、葬儀場に行ってみるしかない、という結論に達した。

厚生労働省の人口動態調査によると、わが国の二〇一八年の推計死者総数は一三六万九千人。それを三六五日で割ると三千七百五十人。一日三千人以上の人が死ぬのだから、葬儀もその数あるわけで、都内の大きな葬儀場に行けば、ひと晩に通夜のひとつやふたつ、執り行われていると推測した。

顔見知りに遭わないよう、自宅から近いところは除外して、一時間前後で行けるそれなりの規模の葬儀場を当たってみると、全部で三ヶ所あった。

次に準備だ。

通夜のマナーをネット検索で調べた。必須アイテムは数珠と香典《こうでん》。香典は袱紗《ふくさ》に包むのが礼儀。

服装はブラックフォーマルが基本だけれど、日中に行われる本葬と違って、仕事帰りに寄る人もいるから、厳格な決まりはないと書いてある。

香典袋はコンビニで見かけたことがあるから、行く途中で買える。御霊前《ごれいぜん》と書いてあるものがよい。数珠と袱紗は用意しなければならない。

ベッドでうつぶせになったりあおむけになったりしながらスマホを操作していたわたしは、数珠を探そうと思い、体を起こしてベッドから降りた。

と、ふらついた。バランスをとるため両手を横に、水平に伸ばしてみた。体操選手の着地のような姿勢。それから背筋を伸ばし、両腕を上に挙げてみた。全身に血が巡るのを実感。ぐるぐると肩を回してみる。

ふいにやる気スイッチが入る。女子校で毎朝やらされた『おはよう体操』をやってみる。

おっはよー、みなさん、おっはよー、わたくし。

おっはよー、おひさま、おっはよー、手と足。
おは、おは、ようよう。おは、ようよう！

この体操、途中で相撲《すもう》の四股《しこ》もどきを三回やる。生徒たちは「なんだかやだな」と思っていて、「これって、出産に適した体づくりじゃないの？」と生徒会で問題提起されたことがある。「まるで出産準備体操！　産めよ増やせよってか？」と生徒の間ではひじょうに評判が悪かった。

生徒会が行った全生徒対象のアンケートでは、九対一の割合で「ダサいおは体を廃止し、ダンスを取り入れた新理論による体操を考案願う」という結論に達したが、職員会議で一蹴された。理由は「我が校の伝統である」で、結局わたしたちは六年間みっちりと『おはよう体操』をやらされた。

高等部の卒業式の前日に『おは体卒業を祝う会』と称して学校近くのハンバーガーショップでコンパを開くのが毎年の裏伝統になっている。嫌なこと、超えられぬ壁は、集団が団結する原動力となるのだ。

ハンバーガーショップの店長さんも慣れたもので、「今年は何日にやるの？」と尋ねてくれたり、二時間貸切にして、ポテトをサービスしてくれた。

楽しかったなあ！

わたしが卒業した翌年、「非科学的な体操はナンセンス」と保護者会が動いて、今はこの体操をやってないらしい。親は私立校にとってスポンサーだ。教育現場もお金の力には屈するようである。

あれほど嫌だったおは体。体が覚えてしまって、張り切った気持ちになると、自然とこの動きをしたくなる。

おは、おは、ようよう!

おは、ようよう!

そう、わたしは久しぶりに張り切っていた。体操を終え、頭がすっきりすると、階段を勢い良く駆け下り、一階の玄関脇にある和室へ突入。

十七年前に死んだトキばあの部屋である。

今は納戸と化している。引き出物の類《たぐい》が開封されないまま置いてあったり、わたしや小太郎の卒業証書もある。トキばあの所持品はほとんどが残されている。形見分けをしようにも、正子おばさんは「どれもこれも野暮ったくって使えたもんじゃない」と拒否したし、嫁である母は「捨ててあとから文句を言われたくない」と手を付けず、そのまま箪笥《たんす》の中だ。

樟脳《しょうのう》くさい引き出しをあちこち漁《あさ》ったら、数珠と袱紗がいくつも出てきた。こういうのって、生きていると、たまってゆくものなのだろうか。

「何してるの？」

母が襖《ふすま》の間からこちらを覗いている。あせった。咄嗟《とっさ》に数珠と袱紗を隠し、「何かないかなーと思って」と、とぼけてみせた。

部屋に入って来た母は、「売れるかしらねえ」とつぶやく。

「今はほら、要らなくなったものをネットで売ることができるんでしょ？　カリカリ」

「メルカリ？」

「そうよそれよ。メルカリって、どういう意味かしら」

「商いという意味らしいよ」

母は引き出しを開けて「これなんかどうかしらねえ」と巾着袋を引っ張り出した。畳《たたみ》鰯《いわし》みたいな質感で、いかにも年寄り向けという感じ。

「西陣織《にしじんおり》よ」と母は自慢げに言う。

「おばあちゃんのもの、売ってもいいの？」

「売るために漁ってたんじゃないの？」

「まあ……そんなところだけど」

「いいわよ、売っちゃって。さっちゃんが売るなら、誰も文句は言わないわよ」

「どうしておかあさんじゃだめなの？」

「血が繋がってないもの。あ、鍋を火にかけてた」

母はあわてて出て行き、わたしは襖を閉めた。

トキばあとわたしは血が繋がっている。わかっちゃいるけど、なんというか、受け入れ難《がた》い。

それにしても母は良いことを言う。トキばあのものを売るなんて、思いつかなかった。

どんどん売って香典資金にしよう。


三日後の夕方。

ダークグレーのブラウスに、黒のスカートを穿《は》き、「映画を観てくる」と言って家を出た。ブラックフォーマルだと母に怪しまれるので、略装にした。キッチンでエンドウ豆の鞘剝《さやむ》きをしていた母は目をぱちくりさせて、「てらっしゃい」とつぶやいた。驚きのあまり「いっ」が声にならなかったようだ。

そういうわけで、今、外を歩いている。

幼い頃から住んでいる馴染みの街なのに、新鮮に見える。

小太郎の結婚式から一ヶ月が経っていた。つまり、丸目川家の通夜から一ヶ月だ。就職活動で使った黒いバッグの中に、数珠と袱紗をしのばせている。数珠は全部で三つあったが、緑色のを選んだ。

コンビニが見えてきた。懐かしい。コンビニに入るのも久しぶりだ。ぴろぴろぴろろん、入店音が心にしみる。

とにかくここまでは来られた。家を出て、ここまで。百メートルくらいかな。家をひとりで出ることができた。コンビニの中なんてもう、社会そのものに感じる。わたしは今、社会と接しているのだ。誇らしい。

香典袋と筆ペンはすぐに見つかった。購入してイートインコーナーで名前を書く。もちろん偽名。隣でメロンソーダを飲んでいる人がいたから、「曽田《そだ》」と書いてみる。達筆。それを袱紗で包んでバッグへ入れた。

意気揚々と店を出る。

さらに十分ほど歩くと、懐かしの駅が見えてきた。この駅を使って中学へ通い、高校へ通い、大学へ通い……就職のために面接へ行き、失敗して茫然《ぼうぜん》自失で戻ってきたのもこの駅だ。

感慨にふけりつつ電車に乗り、三十五分。そこから路線バスに乗って七つ目の停留所で降りる。順調に葬儀場に到着。

民間運営の飛合《とびあい》斎場である。

火葬場も併設されており、たまに芸能人の葬儀が行われたりする。広々とした敷地に巨大な駐車場があって、マイクロバスが五台停まっている。丸目川家の通夜とは桁違いの立派な施設だ。

シティホテルのような幅広のアプローチを歩いてゆくと、建物には入り口が全部で六ヶ所あって、そのうち三ヶ所の入り口の前に電飾スタンドプレートが突っ立っている。そこに大きく墨文字で○○家と書かれてある。苗字の右横には通夜が始まる時刻が示してある。

やったぁ！　心の中でガッツポーズ。

今夕、三件の通夜があるのだ。大きな施設に行けばハズレはない、という読みは当たった。早くも達成感！

弔問客らしい人々がそれぞれの入り口に吸い込まれてゆく。みなわたしを追い越してさっさと歩く。服装は喪服の正装でばっちり決めている人もいれば、紺のスーツで仕事から駆け付けたふうな人もいる。わたしの格好はまあそこそこ、及第点だと思う。服装においては、だ。

入り口が分かれているなんて思いもよらず、足を止めた。どの通夜へ行くかは、建物に入る前に決めなければならないのだ。

レストランのように、入ってからメニューを選ぶのは許されず、決めてから来い、というわけで、まあ、通夜は決めるとか決めないとかいう類のものではなく、決められた場所へ行くものであるから、他家の弔問客と交わらないこのシステムはむしろきわめて正しいと言える。

正しいシステムだから、わたしには合わない。遊びに来た間違ったわたしにはそぐわないシステムなのだ。

通夜の始まる時間は微妙に違っていて、十七時半からと十八時から、そして十八時半からとある。十七時半の通夜にぎりぎり間に合う。十八時半からの入り口に入って行く人はまだいないから、避けたほうがいい。十七時半と十八時とで迷った。岩富《いわとみ》家と田村《たむら》家。田村は知り合いにいるけれど、岩富はいないから、顔見知りに会わないだろう。

よし、決まり！

岩富家の入り口に入ると、すぐ右手に受付があり、その奥に式場が見えた。丸目川家の式場の五倍ほどの奥行きがあり、人がすでにいっぱいで、最後列の椅子が空いているだけだ。みなとうに受付は済ませているらしく、受付係の若い男女は立ち話をしている。

男女はこちらに気づいて私語をやめた。勇気を出そう。

「御愁傷様です」と言って、袱紗を開いて香典袋を差し出すと、男性のほうが「本日はお忙しいなか、ありがとうございます」と頭を下げ、女性が「お預かりします」と両手でうやうやしく受け取った。

一人前に社会に組み込まれている気がして、誇らしい。

女性は言った。

「恐れ入りますが、お名前とご住所をこちらにお願いします」

出た、芳名帳。

この時のために考えておいたでたらめの住所を書き、「曽田よし子」とこれまたでたらめな名前を書いた。

式場の最後列の左の隅に座ると、ほどなく僧侶《そうりょ》が入場して、開始時刻ぴったりに読経が始まった。

香の匂いとお経。これこれ、これだ。

目をつぶってみる。視覚を失った途端、嗅覚と聴覚が研ぎ澄まされる。お香の芳《かぐわ》しい香り、木魚の牧歌的なリズム、お経のなだらかなメロディライン、そしてすすり泣く声。

心地よい。不幸の空気が心地よい。頭の上の湿った雑巾が消え、首から肩へと楽になってゆく。

快感。

隣に人の気配がした。

薄く目を開けて見ると、小柄な老婆が座っている。黒の和装だ。

遅れてくる人がぽつりぽつりといて、後部席を埋めてゆく。しばらくするとスタッフの誘導があり、焼香が始まった。前列から順に。人数が多いからだろうか、焼香はふたりずつ横に並んで行う。抹香も香炉もふたりぶんあった。

丸目川家の通夜と違って、遺族はそれとわかるくらい憔悴《しょうすい》していた。喪主らしき女性は人に支えられて焼香をしている。遺影は遠くからははっきりと見えないが、男性のようだ。妻に愛されていた男の突然の死、というシチュエーションなのだろう。不幸度は充分である。

妻らしき女の、この世の終わりとでも言いたげな後ろ姿。伴侶の死をこれほど辛く思うのなら、よほど愛し合っていたのだろうし、そういう出会いってなかなかないし、少なくとも丸目川家の喪主の女よりも幸福だったのではないか。人より幸せだったのだから、不幸で帳尻を合わせるしかないのではと思ったりもする。

焼香は次々と進み、最後列の番となった。わたしは数珠を手にして右隣の老婆とともに並ぶ。列が進むほどに遺影がよく見えた。三十代後半くらいの、眼鏡をかけた知的な額の男性で、満面の笑みを浮かべている。遺影なのに笑顔。妻が絶望しているのに、夫が底抜けに笑っている。奇妙なシチュエーションだが、とても良い写真であることは間違いない。偉そうでも卑屈でもない笑顔。誰もが好きになる笑顔である。彼が身近な人だったら、わたしもさぞかし気を落としたことだろう。他人でよかった。

とうとうわたしの番がきた。小柄な老婆が右にいて、同時に焼香を行うことになった。お香とお経のヒーリング効果で気分上々。

振る舞いには自信があった。

喪主に一礼して遺影に一礼。抹香をつまんで額に近づけ、香炉にくべる。ダンスを踊るように、老婆とタイミングを合わせた。ここまでは完璧。

手を合わせ、目をつぶった途端、ぞくりと寒気がした。

五千円札。

五千円札を香典袋に入れ忘れた。

おお、なんてこと！　痛恨のミステイク。

家を出る時、財布に入れた五千円札。親族ではなく、顔見知りくらいの関係の場合、五千円が相場だとネット情報にあったので、小遣いから捻出した。コンビニで香典袋を買って、その場でそれを入れるつもりだったのに、家を出るときはそのつもりだったのに、偽名を考えたり、書くことに気を取られて、失念した。何より、街に出たのが久しぶりで、浮き足立っていたのだ。

空の香典袋が受付にある！

動揺したら手が震え、数珠を落としてしまった。呆然としていると、隣の老婆が拾ってくれた。わたしはお礼を言いかけてやめた。近くで僧侶がお経を唱えている。声を出して邪魔をしてはいけない。

喪主に一礼して老婆の背を見ながら後ろへ歩いて行き、席へ戻らずにひとり式場を出た。受付にはもう人がいなくて、香典袋も見当たらない。式場ではまだお経が続いている。弔問客はみな席に戻り、帰る人はいない。今日の弔問客はみな熱心だ。遺影のスマイルマン、人望の厚い人だったのだろう。

なのにああ、空の香典袋。

途方に暮れて上を仰ぎ見ると、エントランスの天井は高く、やわらかい光が降り注いでいる。清潔でセンスが良くて、近代的な葬儀場だ。床は大理石だし、なんだかとても居心地がいい。

ま、いっか。

香典の失敗はあくまでも曽田よし子の失敗であり、わたしは仁科小夜子である。就職活動の失敗は、仁科小夜子の失敗だから逃げられないが、偽名であれば、恐るるに足らず、と結論付けた。

ふいにお経が止んだ。僧侶は弔問客を見て居住まいを正すと、「本日は岩富誠《まこと》さまの通夜式にあたり」と話し始めた。

法話だ！

聞きたいけれど、香典は入場料のつもりだったので、それを払わずにフルコースを味わってはいけない気がする。そもそも遊びに来る、ということからしていけないのだろうけれど、香典が免罪符になると思っていた。

ここは潔《いさぎよ》く帰ろう。

断腸の思いで外へ出たら、アプローチに人がごった返している。広い駐車場にはワゴン車が何台も停まっているし、とにかく人だらけだ。

何ごと？

まぶしいライトが焚《た》かれ、カメラを担いだ人たちが大勢いる。事件？　三つの通夜のうち、死者一人が著名人だったのだろうか？

マイクを片手にカメラ目線でしゃべっている女がいる。向こうには男。どちらも顔を見たことがある。たしか女はテレビのワイドショーのレポーターだ。男はニュース番組の記者かなにかだと思う。

つい三十分ほど前は静かだった。式場内は今もしめやかなのに、外がこんな騒ぎになっているなんて。

レポーターはカメラを睨みつけながらしゃべる。

「現在こちらの飛合斎場では、事故で亡くなられた岩富誠さんのお通夜が営まれています」

わたしが出た通夜ではないか！

「岩富さんは地元の公立中学で英語を教える人気の教師でした。二年生のクラス担任であり、軟式野球部の顧問でもありました。生前の岩富さんのお人柄がうかがえるように、大勢の弔問客が式場へ入って行きました。今、この建物の中では、悲しみにくれた人々が岩富さんとのお別れを惜しんでいます」

あの笑顔の男性は、ニュースになるような事故の犠牲者だったのか。

女性レポーターはふいにこちらを見ると、突進してきた。

「ちょっとお話伺わせてください！」

ぐいっとマイクを向けられた。

断る隙もなくライトが浴びせられ、そのまぶしさは小太郎の結婚式の比ではなく、目を開けていられない。テレビに出ている人たちは、ライトカットコンタクトレンズでも入れているのだろうか。

「岩富さんは、どんなかたでしたか？」

切口上だ。こちらは悲しみの最中なのに、というか、そういう設定なのに、ずいぶんと容赦のない扱いをするものだ。腹が立つ。

岩富さんの人柄なんて知るわけがない。笑顔はいい感じだったけれど、それだけのことだ。人の死を飯の種にするなと言いたいけれど、こちらは遊びで来ているわけで。飯の種と遊びでは向こうの勝ち、かもしれない。

わたしはハンカチで顔を隠すようにして「それはもう」とつぶやいた。マイクがさらにぐっと近づく。わたしはすすり泣く演技をしながら、レポーターの脇をすり抜けて走った。

レポーターは叫ぶ。

「胸がいっぱいで答えられないようです！　恩師の死にショックを隠しきれないのでしょう！」

とりあえず、場を盛り上げた。彼女の仕事の役には立てたようである。報道陣の喧騒を背中に感じながら、逃げるように敷地を出た。

恩師だって！　中学教師なのだから、わたしが教え子なわけないではないか。いやまてよ、元教え子と思われたのか。通夜の席に若い子は来ていなかった。明日の本葬でクラスや部活動の子たちが揃《そろ》って見送る予定なのだろう。そういう光景をワイドショーで見たことがある。取材合戦は明日のほうが過激かもしれない。テレビで見ている時は感じなかったけれど、実際にマイクを向けられると、銃口を突きつけられたような恐怖を感じる。マスコミは傍若無人だ。ここが葬儀場ということをわきまえていない。遊びに来たわたしでさえ不愉快なのだから、遺族や弔問客はさぞかし嫌だろう。

日が落ち始めた街を足早に歩く。

通夜に行けた満足と、五千円を入れ忘れた後悔が心を左右に揺さぶった。

バスには乗らず、駅まで歩いてみることにした。まずは閑静な住宅街があり、そこを過ぎるとビル街になる。あまり大きくないビルが乱立している。面白そうな店はなく、オフィスとマンションがひしめいている。来る時はバスを使い、あっという間に着いたので、もっと近く感じたのに、歩くとなかなかの距離がある。

日が落ちても街は明るい。歩けども歩けども肝心の駅が見えない。あの結婚式の帰りのような不安がちらと蘇《よみがえ》る。道を間違えたのではないか。一度道を間違えると、延々と間違え続ける人生になってしまうのではないか。

するとデジャヴのように歩道橋が見えた。今日のは大きな歩道橋だ。

疲れた足を引きずるようにして上ってみると、なんだ、駅はすぐそこではないか。方角は合っていて、もう少し歩けば駅が見えたのに、自分を信じられなくて、つい確かめたくなってしまった。

就職活動もそうだ。あと少しがんばれば内定が手に入っただろうに、自分を信じられなくて、放棄してしまった。

あと少しの辛抱ができない。あと少しとわからないからだ。わかっていたらがんばれたかもしれない。

未来は誰にもわからない。ゴールはどこか誰も知らないし、教えてもくれない。何年も無駄にするのを承知でがんばれる人だけが、最後に笑うのだろう。

空はもう群青色で、でもまだ蒸し暑い。下は国道で、トラックやらワゴン車やらがひっきりなしに通っている。無数のヘッドライトが火の玉みたいに尾をひく。香と違って、排気ガスの臭いは忌々しい。

財布の中身を確かめると、五千円札がしっかりと入っている。やはり香典袋に入れ忘れたのだ。

五千円札を取り出すと、樋口一葉《ひぐちいちよう》のつるりとした顔がやけに目につく。ゆで卵のようにつるりのっぺり。彼女は若いのだ。肌にハリがある。

樋口一葉については、高二の時に国語の授業で教わった。作品よりも彼女の人生そのものが印象的だった。母親が「女に学問は不要」と言って進学を許さなかったという。女の足は女が引っ張る、ということか。

うちの母は何も言わない。「ご飯は?」とか、「日光に当たりなさい」とは言うけれど、「就職しなくていいの?」とか「このままでいいの?」などとはけして言わない。おかげさまでひきこもり生活はある意味快適である。だから抜けられないのかもしれない。

一葉はその後さまざまな事情が重なり、弱冠十七歳にして一家の大黒柱となってしまう。その上、父親が残した多額の借金を背負ってしまった。そんなこんなで縁談も破談になってしまう。不運な人だ。

彼女は針仕事を嫌い、小説で身を立てようと勉強し、書きまくったそうだ。やがて『たけくらべ』が絶賛され人気作家になるものの、翌年には肺結核で死去。

あっけない。

享年二十四。今のわたしと同い歳だ。高二の時は、ずいぶんと上に感じた二十四という年齢。今思うと早すぎる死だ。彼女は成功した。なのにその旨味《うまみ》を味わう間もなく命を落としている。さぞかし悔しかったことだろう。

死後も作品は残り続け、多くの人を楽しませているし、さらには紙幣にまで顔を使われて、本人にはなんら見返りがない。

樋口一葉は化けて出る権利があると思う。

肖像権という言葉があるけれど、日本ではこの権利が憲法に明記されていなくて、表現の自由のほうが刑法上は優先される。これは大学の一般教養の講義で習った。たとえばさっき、報道陣のカメラはわたしを捉えた。それがわたしの許可なくニュース番組で使われるかもしれない。その時、「肖像権の侵害だ」と訴えることはできる。でも「肖像権」イコール「憲法に守られた権利」ではないので、結果的に人格権を侵害されたとか、損害を被ったとか、被害を具体的に証明しないと訴えは成立しない。肖像権は著作権ほど確固たるものではないのだ。

つまり、この国では見てくれより思考のほうが尊重されるということ。

ほんとかな?

女子校には綺麗な子がいる。学年トップ3の子にはみな敬意を払う。美しさは同性にとっても心地よいもので、見ているだけでちょっと幸せになる。美は力なり、なのだ。わたしはまんなかゾーンにいて、上にも下にも見られなかった(と思う)。「色の白いは七難隠す」という言葉があるけれど、肌の白さでかろうじてまんなかゾーンに入っている、という感じ。ブスならブスで、チャーミングなブスというキャラを作ることができるけれど、そこまでの個性はわたしにはない。

それにしても橋の下の交通量はすごいなあ。

わたしがたった今、ここから飛び降りて轢死《れきし》したとして、一葉さんほど失うものはない。でも、だからこそのくやしさもある。わたしが百歳まで生きても成し得なかったであろう偉業を一葉さんはタッタカターと実現して、輝ける業績を手土産にあの世に行った。お見事というしかない。紙幣はあと二年でデザインが変更され、五千円札は津田梅子《つだうめこ》となる。津田さんは海外留学を二度もして、学校を作った。

わたしはまだ何ひとつ成し遂げていない。手土産がない。黄泉《よみ》の国の門番に「お前の人生、からっぽやんけ」と呆れられ、「生きてもいないのに死ぬ権利なし！」と蹴り飛ばされそうだ。

うーむ。

正直、やりたいことがない。やりたくないことはたくさんあるのに。

文具メーカーの右端のおじさんに言われた言葉が蘇る。

「何でもいい、具体的に何がやりたい、何ができますって、あなたは言えないの？」

何でもいいのか。

通夜の席にいたい。これもあり、だろうか？

やりたいこと、ひとつは見つけたよ、右端のおじさん。

ふいに強い風を感じ、紙幣をつまんでいた指を離した。一葉さんは勢い良く舞い上がり、群青色の空でひゅるりひゅるりと回旋したあと、タッタカターと遠くへ飛んでいき、見えなくなった。

岩富先生のところへ届くといいなあ。

ほくろの婆さん

「ご愁傷様です」と言って、樋口一葉入りの香典袋を差し出す。

「こちらにお名前とご住所をご記帳ください」

芳名帳と対峙《たいじ》するのも二度目だと慣れたものだ。

本日は公営の葬儀場にやってきた。先日の飛合斎場と大きさは変わらないが、ぶっきらぼうなたたずまいで、壁の色も照明も暗いし、かなり古そう。思い描く通夜のイメージに近く、それだけに不幸色が強い。願ったり叶ったりと言いたいところだが、建物に関しては飛合斎場のように新しくて綺麗なほうがいい。なにせわたしにとってはテーマパークなのだから。

筆ペンででたらめな住所と名前を書く。丁寧に書く。われながら達筆。字には自信がある。子どもの頃習字を習っていた。小太郎は一回で辞めたけれど、わたしは小一から三年間通い続けた。習字にはお手本がある。正解がある。そういうの、得意分野だ。

女子校時代は字が綺麗だからと、友だちからラブレターの代筆を頼まれた。ＳＮＳの時代にラブレターというと奇妙に聞こえるけれど、直筆手紙のやり取りは学内の伝統であった。同性間で「好きです」と告白し合うのだ。先輩だったり、時には先生の時もある。うら若き乙女を異性から隔離するとそういうことが起こる。

告白して受け入れてもらえると、公認の仲、つまりパートナーとなる。でもそれは世間でいうところの意味深いパートナーではなく、『赤毛のアン』のアン・シャーリーとダイアナ・バーリーのような腹心の友というか、親友である。わたしはもっぱら代筆屋で、告白したこともされたこともない。もちろん、そんな伝統を「ばかみたい」と笑う子もいるし、学外にボーイフレンドがいる子も多い。わたしは代筆の謝礼としてパフェやハンバーガーを奢《おご》ってもらったので、ラブレター伝統賛美派である。

樋口一葉を空に放った日から、一週間が経っていた。

この一週間、でたらめな住所と名前をいくく通りも考えたし、香典袋を通販で二十枚も買い、通夜へ通う準備を着々と進めた。準備をすれば実行できるのだから、就職活動のような徒労感もない。香典資金を増やすため、トキばあの西陣織巾着をメルカリに二万円で出品しておいた。

通夜開始直前に式場に入ると後ろの席に座れるので、あえてそうした。親族に近い席だと話しかけられたりして、万が一にもひやかし客と気づかれてしまうといけない。

着席するとほどなく僧侶が入ってきて、お経が始まった。

香&経。よくできた組み合わせだ。落ち着くし、愉快な気持ちになる。木魚がいい。ぽっこぽっことリズミカルで、心が弾む。木魚が心音、お経が血流の音に思える。血が巡り、明日の不安から解放され、なんとかなるさと思えてくる。頭の濡れ雑巾だけでなく、首の後ろに張り付いた甲羅のようなものまで剝《は》がしてくれて、体が軽くなり、胸がぐいーんと左右に開くような感じ。

部屋で香を焚き、お経をスマホで聴けば、この愉快は得られるのだろうかと、三日前にチャレンジしたけど、ダメだった。わたしの部屋には人の不幸がない。自分の不幸しかない。

人の不幸がわたしを救う。それはまぎれもない事実だ。

わたしってそんなに悪い人間だっけ？

不幸な人を見ていたい。見ていたいだけなのだ。既に起こってしまった不可逆的な不幸に便乗しているだけ。

　見殺しにしているわけではない、という言い訳がある。わたしのせいで人が死んだわけではないし、わたしがじたばたしたって、死者は生き返らない。わたしがいようがいまいが、相手の不幸は増えも減りもしない。

　お経は南無阿弥陀仏《なむあみだぶつ》と南無妙法蓮華経《なむみょうほうれんげきょう》と般若心経《はんにゃしんぎょう》と、あとなんだっけ、宗派によって違いがあるらしい。今日のは南無阿弥陀仏。そう聞こえる。気をつけなければならないのは、神式の通夜。香もお経もない。キリスト教もそう。それではダメだ。香とお経がなくちゃスカッとしない。

　幸いにも大きな葬儀場で行われる通夜はほとんどが仏式だ。

　式場は前回よりも狭く、後ろの席からも遺影がよく見えた。

　若くて美しい女性だ。目が大きくて茶髪。アイドルみたい。わたしより少し年上に見える。クラスにいたら間違いなくトップクラスの美形だ。

　美しいから周囲に愛され、幸せな人生だったに違いない。おそらく運を使い果たしたのだ。ご愁傷様。

　焼香が始まった。

　喪主は歳の頃からすると、おとうさんかな？　弔問客を迎えるように、斜めの席に両親らしき人が並んで座っている。岩富家の遺族ほど憔悴しきってはいない。丸目川家の怒った後家さんとも違う。ただただ、じんわりと疲れているように見える。ふたりとも痩せていて、顔色がよくない。不思議なことに、表情は温和で、ほっとしているように見える。娘が死んでほっとするってこと、あるのだろうか。

おかあさんらしき人は焼香をしたあと、棺を覗き込んで何かつぶやいた。「またね」とか「あとでね」という類の、声かけに見えた。

美しいから彼氏もいそうだけど、それらしき男性は見当たらない。

弔問客はそう多くはない。焼香のあと、ひとりとして帰る人はいない。近親者ばかりの通夜なのかもしれない。顔を合わせると「あんた誰？」ってことにならないか不安がある。もう少し大人数の通夜がいいのだけれど、今日はこの斎場では一件しか通夜がないからしかたない。焼香を済ませたら法話を聞かずに帰ったほうがよいだろう。

順番が来たので席を立ち、棺の前で焼香をした。数珠を手に、一礼したり手を合わせたりしていると、儀式に参加している実感がわく。やはり席に座ってお経を聞いているだけではじゅうぶんではないのだ。こうして焼香することで気持ちが高揚し、通夜で得られる快感がグレードアップする。

遺影の美人を仰ぎ見て手を合わせ、目をつぶり、「抹香最高」と心の中でつぶやく。

懐かしい感情が蘇る。蟬《せみ》しぐれ、真夏の太陽、入道雲、いつまでも続きそうな夏休み、白浜の潮風、スイカ。子どもの頃の、ただ生きているだけで良かったあの頃の世界観。

焼香を終えると席には戻らずにそっと式場を出た。エントランスは天井が低くて、照明は暗めだ。トイレのマークが目に入ったので、今なら人がいないだろうと思い、寄ることにした。

先客がいて、ちょっと驚いた。通夜の最中にトイレ？

黒い和装の老女で、鏡を見ながら髪を整えている。じろじろ見るわけにもいかないから、個室へ直行。用を足しながら、「どこかで会ったような」と思い巡らせていると、前回の通夜で隣に座った老婆を思い出した。数珠を拾ってくれた小柄なひと。

体格が似ているし、黒い和装も同じに見える。でも、先週通夜に出たばかりの人間が、今日もまた来ているというのは妙だ。通夜を趣味にしているつむじまがりはわたしくらいだろうから、おそらく別人だろう。

老婆なんてたいてい骨が縮んで小柄だし、そのくらいの年齢では和装が珍しくないし、他人の空似というやつだ。第一、顔は記憶にない。見ていないのだ。顔を見ると、向こうもこちらを見るだろうから、通夜では遺影以外の誰とも目を合わさないようにしている。

個室を出ると、老婆はもういなかった。「葬儀場に住む霊とか？」などとバカバカしい考えが頭をよぎる。

手を洗いながら鏡の中の自分を見ると、色白の頬にほんのりと赤みが差している。まるで応援しているサッカーチームが優勝して喜んでいるサポーターのようだ。「楽しかったオーラ」が溢《あふ》れ出て、「抹香最高、お経上等」と顔に書いてある。こういう顔で通夜にいてはまずいのではないか。もっと悲しそうにしてみせないとまずいのではないか。

顔を洗った。ハンカチで拭いたらびしょ濡れになったので、ハンドドライヤーでハンカチを乾かす。

トイレを出て式場を窺《うかが》うと、すでに法話は終わったようで、僧侶の姿はなく、参列者たちが式場から出て、みな階段を上ってゆく。二階に何があるのだろう？

「本日はお越しいただきまして、ありがとうございます」

背後からいきなり声を掛けられた。

驚いて振り返ると、黒いスーツに黒いネクタイの青年がこちらを見て微笑んでいる。スタッフのネームプレートはない。「ありがとう」と言うからには、招いた側、つまりは遺族なのだろうか。

あわてるな、落ち着けと心の中で自分に言い聞かせる。

「二階のホールに通夜ぶるまいを用意しております」と青年は言った。

そうか、みんなはそれで二階へ上がってゆくのだ。

「どうか生前の元気な姿を思い出しながら、一口だけでも召し上がってください」

「はあ……」

「供養になりますので、さあ、遠慮なさらず」

手首を摑《つか》まれたわけでも、腰に手を回されたわけでもないのに、目に見えない強い力でわたしは二階へと誘導された。

青年は「この人をなにがなんでも二階へ連れて行く」という決意に満ちていた。弔問客が少ないからだろうか。固辞すると理由を聞かれそうで、行くしかなかった。通夜を楽しんだ上に食べたり飲んだりするのはいくらなんでも罰当たりなことだろう。隙あらば帰ろうとわたしは思った。


そこは別世界のように明るく広いお座敷だった。

弔問客の数に比して立派すぎる大広間に、長い座卓が数台あって、すでに喪服の人々がオードブルをつまみ、ビールを飲んでいる。ひとりに一膳ではなく、好きにとって食べる様式だ。誘導してくれた青年はいつの間にか姿を消した。

それにしても広い。通夜が一件しかないので、仕切りを取り払ったのかもしれない。どうしよう、手持ち無沙汰だ。親族に混じって食事などできるわけがない。

やはり帰ろうと思った。すると、集団から離れてぽつねんと座っている老婆が目に入る。

親族ではないのだろうか、孤立している。さきほどトイレで髪を整えていたあの小柄な老婆だ。眉と眉の間に大仏のようなほくろがある。トキばあと同じ位置だ。なんだか因縁みたいなものを感じる。この人と関わっておけば、少しだけ間が持つかもしれない。

わたしは靴を脱ぎ、座敷に上がった。取り皿に煮しめを載せ、老婆の前に置いてみる。

野良猫に餌付けするように、そっとだ。

「どうぞ」と言葉を添えると、老婆はこちらを見てありがとう、というように小さく頷《うなず》いた。

「お茶持ってきましょうか」と言ってみる。この孤独な老婆とやりとりしていれば、周囲から怪しまれない。

「お茶は結構」と老婆はつぶやいた。遠慮したのかと思ったら、「ビールがいい」と言った。低くてまろやかで、妙に心に残る声だ。

瓶ビールをグラスに注ぐというのを久しぶりにやってみた。

子どもの頃、見よう見まねで父のグラスに注いで、泡がうまく立ったら百円ちょうだい、と言ったら、父はへらへら笑いながらいいよあげるよとズボンのポケットから百円玉を出してくれた。父は小銭を直接ポケットに入れる主義で、よく母から注意されていたが、酔いがまわると気前よくそこから小銭をくれるので、子どもにとっては都合のよい主義であった。

あの時はトキばあがやってきて、「子どもに酌なんてさせるものではない！」と父の後頭部をパンッと叩き、「お酌で金を取るのはその道のプロだけだっ」とわたしの手から硬貨をひったくり、デコピン。

酌はダメで暴力はいいのか。トキばあの理屈はいまだによくわからない。小さなわたしにはお酌の意味もわからなかったし、「楽しいことに水をさすばあさんだなあ」という印象しかない。

目の前の老婆のグラスに美しい泡が立った。わたしはほっとして、老婆の前の席に腰を下ろした。

老婆はビールをうまそうに飲む。

さきほどから時々、人々の笑い声が聞こえてくる。気になったけれど、とりあえず二杯目を注いだ。わたしも飲んでみようかな、と思った時だ。突然、わっと爆笑が聞こえてきた。喪服を着た中年男女の集団で、アルコールが回って気分がよいのだろう、すっかり赤ら顔である。

通夜で爆笑？　不謹慎な！

「気になるかい？」と老婆はささやいた。

トキばあに似た堂々たるほくろが、第三の目のようである。

「あんたも笑うがいいよ」

「だって、お通夜の席ですよ」

「郷に入っては郷に従え」

「人が亡くなったのに」

大声で笑うなんてどうかしている。

ここではみんな悲しんでいなければならない。打ちひしがれていなければならない。不幸の空気に包まれていなければ。それでこその通夜だ。楽しいのはわたしだけでいい。人の笑い声を聞くために五千円を払ったわけではない。欲しいのは悲しみだ。

老婆はわたしの目を見据えて言った。

「亡くなったって誰が？」

心臓がどくんと鳴った。

誰って……。

本日の通夜は何家だっけ、棺の中の人の名前は何だっけ。遺影は思い出せるけれど、名前は知らない。お経のあとの法話を聞けばよかった。そしたら死者のプロフィールがわかったのに。香典を渡せたことに満足して、油断した。

老婆は二杯目のビールをいっきに飲んだ。

「ふう、うまい」

老婆は口元の白い泡を指でぬぐうと、「おまえさんはつやめだね?」と言った。

聞いたことがない言葉だ。

「つ、や、め」老婆は念を押すように復唱した。

「何ですか、つやめって」

老婆はおやまあ、知らないとはねえ、と呆れた顔をして、秘密をささやくように顔を寄せた。

「通夜に女と書いてつやめと読む」

「通夜女?」

「通夜から通夜へさまよう女のことさ」

背筋がぞくりとし、体がこわばった。老婆はもうひとつのグラスにビールを注ぎ、わたしの目の前に置く。

「飲みなさい」

グラスを握ってみたが、手の震えが止まらず、グラスの底がテーブルの上でカタカタと音を立てた。バレてる。関係者じゃないってバレてる。逃げなきゃ。腰が立たない。

老婆は自分のグラスにビールを注ぎ、三杯目を飲み干した。

「あんたを先週見かけたよ」

老婆は落ち着き払っている。

「道に飛び出した生徒を助けようとして身代わりに車にひかれちまった中学教師の通夜に出ただろう？」

岩富誠先生のことだ。

あの日、帰宅してテレビをつけたら各局そのニュースを取り上げていた。教育者の不祥事は多いのに、美談は久しぶりなので、たいそう大きく扱われていた。人がひとり死んだのに、まるで吉報のように報道されていると感じた。奥さんの憔悴を見てしまったわたしは「どいつもこいつも人の不幸を喜びやがって」と鼻白んだが、わたしもれっきとしたそのひとりである。人の不幸を楽しみ、罪悪感もない。岩富先生が死んだのは、わたしのせいではないからだ。

「あれはいけないねえ」

老婆は諭すように言う。

「おまえさんのような初心者は、世間の注目を浴びる死に方をした人の通夜へは行くべきではない」

「あの……」

「通夜女はそっと静かに、なるべく目立たぬよう通夜の席に居させてもらう。風景に徹するのさ」

「風景？」

「鯨幕《くじらまく》や浅葱幕《あさぎまく》と一緒さ」

「くじら？　あさぎ？」

「通夜には黒白の幕や、水色の幕を使うだろう？　あれと一緒ということさ。通夜という空間を演出し、遺族を慰める。それが通夜女の役目だ」

老婆の話に引き込まれ、まだ続く笑い声が気にならなくなってきた。

「それとあんた、香典はいけないよ」

「え？」

「おまえさん、受付で香典を渡しただろう？　あれはマナー違反だ。通夜女は受付をせずに焼香だけして通夜ぶるまいをいただく。そして食べるだけ食べたらそっと辞するべきだ」

「でもそれって……」

無銭飲食になってしまう、という言葉は飲み込んだ。ちらりと親戚らしき集団を見ると、こちらを見ている人がいて、目が合った。あわててハンカチで目を押さえて下を向く。

「通夜女は香の煙のように儚《はかな》い存在なのじゃ」

目の前の老婆は、やはり数珠を拾ってくれたあの老婆なのだ。そして彼女のいうところの通夜女というものなのだろう。よくわからないけれど。そんなの聞いたことがない。あとでスマホで調べてみよう。

「あんた歳はいくつだ」

「二十四です」

通夜女はふっと微笑んだ。

「十五、六でもあるまいに。喪主の立場になってみなさい。受付で記帳するとお返しだのなんだのと手間をかけるぞ」

「住所はでたらめです」と小声でささやく。

「でたらめの住所で女の名前だけが残る。こりゃあ、遺族の間で物議をかもすぞ。あの中学教師、愛人がいたかもしれぬと、今頃大騒ぎかもしれんな」

「まさか！」

つい大声を出してしまった。笑い声がぴたりと止んだ。みんながこちらを見ている、たぶん。振り返る勇気はないが、視線を感じる。普通に振る舞わなくては。普通に。とりあえず、ビールをひとくち。

たしかに愛人と思われたらまずい。そもそも空の香典袋だけでもじゅうぶんにおかしい。香典袋には苗字しか書いてないけれど、芳名帳には下の名前を書いたから、女ってことはわかってしまう。曽田よし子。空の香典。それではまるで奥さんへの嫌がらせになってしまう。

「香典は集計せねばならん」と通夜女は言う。

「死者と縁もゆかりもない通夜女が遺族にそんな手間をかけるのは許されまいて」

「はあ」

すっかり落ち込んだ。涙が出そう。泣いたって不思議がられない場だもの、泣いちゃおうか。

「数珠はなかなかのものだ」

通夜女はわたしを励ますように言った。

「数珠？」

「あんたの数珠じゃよ。ほんものの翡翠《ひすい》だ。道理のわからぬ子どものくせにのう」

バッグにしまってあった数珠を取り出してみる。緑の玉。よく見るとひとつぶひとつぶ微妙に色が違う。薄かったり、濃かったり。ほんもの、ということは、天然の翡翠ってこと？　メルカリに出品したら、いくらで売れるだろうか。

「おふたり、こちらをいかがですか？」

背後から声を掛けられて振り返ると、さきほどの青年がいる。手には丸いトレイ。その上にはずらりとケーキが並んでいる。すべてショートケーキだ。

目を疑う。

通夜にケーキだなんて。しかも真っ赤な苺と生クリーム。紅白の色の取り合わせは、いかにも祝膳というふうに見える。通夜ってこういうものだっけ？

「いただこう、どうも」と通夜女は言った。

青年はトレイをテーブルに置くと、ケーキ皿とフォークをわたしたちの前に二人分並べて、「お好きなだけお取りください。今、珈琲《コーヒー》を持ってきますね」と言って、座敷の隅にある飲料コーナーへ向かった。

「あの人、何なんだろう？　どうしよう」

わたしはうろたえた。

通夜女は落ち着き払って「あんたはただ頷いていなさい」と言った。

なにやらふたりで結託している雰囲気になってきた。彼女も死者とゆかりがないとしたら、わたしと同様、趣味なのだろうか。それとも親族で、わたしに探りを入れているのだろうか。でも、先週も通夜にいた。やはり、通夜と通夜を渡り歩く人なのだろうか。

青年はわたしたちの前に珈琲を置くと、しんみりとした口調で「甘い物が大好きだったんですよ。でも体に障るから生前はあまり食べられなくて」とつぶやいた。

死んだ子のお兄さんだろうか。

通夜女はケーキを一口食べて「これはうまい」と微笑んだ。

青年は満面の笑みを浮かべる。

わたしもケーキを皿に取り、恐る恐る口に入れた。公立小学校の講堂で行う謝恩会で出されるような、どうってことのない味である。まずくはないけれど、味に深みがない。母がたまに買って来るコンビニのケーキのほうがよほどおいしい。

青年は言う。

「通夜にケーキなんて不謹慎だという声もあったのですけど、どうしても祝ってやりたくて」

「祝う？」

「今日で二十歳なんです。あとちょっとで二十歳だったんですよ」

そう言って青年は目を伏せた。

驚いた！　遺影の美人、わたしより年下なんだ。四つも！

通夜女は「そうでしたねえ」と相槌《あいづち》を打つ。

「あの遺影をどう思います？」と青年はわたしの目を見て言った。

どう思うと言われても、何と言ったらいいのだろう。第一、この青年は兄なのか、彼氏なのか、従兄弟《いとこ》なのだろうか。式場にいたっけ？　どのあたりに座っていた？

「背伸びをしたかったんだな」と通夜女は言った。

ええそうなんです、と青年は頷く。

「毎年誕生日がくるたびに化粧をして写真を撮って。一歳でも年上に見せたかったのでしょう。長く生きたいという思いです」

死ぬことを本人は知っていたのだ。

遺影のアイドルのような顔がくっきりと頭に浮かび、胸がしめつけられた。長患いだったんだ。生きられないことを知っていて、髪を染め、化粧をしていたのだ。二十歳になれずに死んだ女の子。

ふいに涙がこぼれた。

「お友だち……ですよね？　泣かないでください」と青年は言った。

「笑ってください。それが遺言なんです」

「遺言？」

「自分が死んだら、治療から解放されたと思って泣かないで。お疲れさまって笑って見送ってよって、そう言い残して」

ああ、それで……。

さきほどから親族が笑っていたんだ。同世代がいないのは、長患いで学校へ通えず、友人がいないのかもしれない。喪主の両親が落ち着いていたのも、長い闘病生活があってのことだったのだ。本人も家族も覚悟があったのだ。

通夜女は「ははははは」と上手に笑った。青年は涙ぐみながらも「は、は、は、は」とへたくそに笑った。

わたしは涙が溢れてハンカチに顔をうずめた。

かわいそうな女の子！

さきほどまで笑い声があった親族たちからも、すすり泣く声が聞こえた。みんなほんとうは泣きたかったんだ。

わたしはさめざめと泣いた。

かわいそうかわいそうかわいそう。

涙が流れるほどに心地よくなってくる。体の中の毒素が涙と一緒に排出されるのだ。体が浄化され、心は誇らしさで満ちる。泣いてしかるべき場所で泣く。なにかこうしっかりと役割を果たしているという思いが胸に溢れる。快感だ。前回よりも快感だ。幸せだ。ひさしぶりの幸せだ。

映画や本の広告に「泣けます」というフレーズをよく見掛ける。人ってやはり泣きたい生き物なのだ。人の不幸を見て泣く。それは万人にとってカタルシスとなるのだ。涙は心に溜まった澱《おり》を押し流してくれる。

心地よく泣きながら「そろそろ帰るタイミングだな」とわたしは考えていた。

ちょっとトイレに、と言って席を立った。

欠けのない幸福の象徴のような、まんまるお月さまが光っている。

バッグをくるくる振り回しながら、ぴょんぴょんと跳ねるように歩く。

晴れ晴れとした気持ち。今までの通夜の中で最も実のある時間を過ごすことができた。

「泣く」という行為のおかげだ。通夜というイベントには「泣く」がなくてはいけない。泣いている人を見るだけでは足らないのだ。自分が泣くことが肝心なのだ。

わたしは泣きたかったのだ。きっと、ずっと、泣きたかったんだ。

自分の不幸では泣けなかった。息苦しくて、涙も出なかった。そのぶん、他人の不幸で泣くのだ。

電車に乗って吊革《つりかわ》につかまると、窓ガラスに映る自分が目に入った。ブラウスの袖口に白いものが付いている。生クリームだ。

青年の笑顔を思い出す。たぶんお兄さんだろう。遺影の女の子に似て二重の目が華やかで、イケメンなのに、人が良さそうというか、素直そうで、あまりモテないタイプというか、色気がなかった。

そして通夜女を名乗る老婆。

通夜と通夜を渡り歩いているって、本当だろうか？

そばにいると「そういうものかも」と思えてしまうけれど、こうして離れてみると、嘘くさい。

リアリティがない。

今のわたしと同じくらい、リアリティのない存在に思えた。

骨壺《こつつぼ》プリン

お経が聞こえる。

通夜はすでに始まっているようで、受付係が香典をまとめ始めた。係がいなくなったら、式場に紛れこもう。

通夜女と名乗る老婆と言葉を交わしてから十日が経っていた。

その間も一度は通夜に参列した。受付をせずに通夜に参列するという方法を試みて、すんなりとうまくゆき、味をしめた。これで香典の心配はなくなり、思う存分通える。

借景という言葉がある。よその風景を借りて自分の庭を構成する園芸技法で、レンタル料は発生しない。つまりわたしも、人の不幸を借りるのにお金を払う必要はない。

さすがに通夜ぶるまいは気が引けるというか、リスクが高いし、参加するメリットがない。とにかく香と経を楽しみ、焼香をして帰る、という方向性を導き出した。式の最後の法話は死者のプロフィールに触れるもので、そこで泣くこともできる。これが趣味としての通夜マイベストコースだ。

いろいろと決めた。

服はブラックフォーマル。このほうが場に馴染むから。

規模の大きい三つの葬儀場を転々とすることにした。大きな葬儀場は式場がいくつもあり、友引を避ければほぼ毎日通夜があるし、人が多いので紛れ込みやすい。複数の葬儀社が出入りするので、スタッフに顔を覚えられることもなさそうだ。

本日は民営の飛合斎場。例の報道騒ぎがあったところだ。エントランスの大理石の床が美しく「いらっしゃい」とわたしを迎えてくれた。

受付係がいなくなった。

今だ！

少し遅れた弔問客を装って式場へ入り込み、一番後ろの席に腰を下ろした。途端、失敗した、と気付く。

弔問客が極端に少ない。たったの七人。式場は広いのに。

飛合斎場には式場が六部屋ある。それは事前に見取り図を確認しておいた。選んだ部屋は収容人数が三番目に大きい式場。つまり、中の上というか、それくらいが最も趣味参加にふさわしいと考えてチョイスしたのに、これでは焼香があっという間に済んでしまう。

人が少ない通夜なんてつまらない。弟の結婚式の帰りに寄った丸目川家の通夜よりも少ないのだ。身内だけ、という感じ。おそらく家族葬だ。遺族のひとりひとりは深く悲しんでいても、総数が少なければ、不幸がこちらに迫ってこなくて、物足りない。かといって今から出て行くのは目立ってしまう。焼香を済ませたら別の部屋を覗いてみよう。もっと不幸が満ち満ちている通夜があるに違いない。

あっという間に焼香の番が来た。遺影は詰襟学生服を着た少年。中学生に見える。遺族に一礼。喪主は父親のようだ。母親らしき人も隣にいて、どちらも顔が土気色《つちけいろ》で、痩せ細っている。中学生の親にしては老けている。泣いてはいない。ふたりともカラッカラに干からびて、水分が一滴も出てこない感じ。つまらない通夜。ハズレくじを引いた気分だ。

遺影に手を合わせて目をつぶる。

こうすると部屋の大きさも弔問客の数も気にならない。あるのはお経の声と香の匂い、木魚の音だけ。ぽっく、ぽっく、ぽっく……。

お香最高。通夜テラピーでぐんぐん元気をもらえる感じ。ありがとう、少年。短い生涯だったけれど、今度生まれてくる時は運をじょうずに使っておじいさんになるまで生きてください。

一礼して後ろに戻り、席には着かずに部屋を出た。

広いエントランスの先に別の式場の入り口が見えた。まだ受付を開いていて、弔問客がずらり並んでいる。あちらは人が多そうだ。心ゆくまで泣けそう。

受付が閉じるのを待っていると、背後から「あんた」と声をかけられた。

振り返ると、老婆がいた。眉間にほくろ。今日もいるなんて、やはり通夜を渡り歩く通夜女というのは本当なのだ。

「こんばんは」

「浮かない顔だな」

「人が少なくて盛り上がりに欠けるんです」と出てきた式場を指差してささやいた。

「結構じゃないか。少なければ少ないほど、おまえさんの存在意義が問われる」

「え？」

「隙間を埋める。それこそが通夜女の役目ではないか。隙間が大きければ大きいほど、やり甲斐《がい》があるというものさ」

わたしも通夜女、というわけか。

ひらり、と老婆の黒い袂《たもと》が揺れた。見ると、小さな男の子が袂に隠れるようにして通夜女の腰にしがみついている。わたしのことが怖いのか、目を合わせようとしない。愛嬌《あいきょう》皆無。小さい手。五歳？　六歳？　わからない。

「その子は？」

「焼香は済んだな」

「お孫さんですか？」

「では二階へ行こう」

「わたしは……ちょっと」

これから行こうとしている式場の受付が閉じた。今すべりこめば通夜に参列できる。

「ひと晩に通夜のハシゴは無礼だぞ」

老婆はこちらの下心を見透かしたように言う。

「焼香をさせてもらったのなら、相手に礼を尽くしなさい」

「相手って？」

「仏さんにさ。まったくけしからん」

叱られてしまった。何年ぶりかな、まともに叱られるなんて。トキばあ亡きあと初めてかも。思えばわたし、否定されることに慣れていないのだ。だから就活での面接官の皮肉がやけにこたえた。

くーうっと、かわいらしい音が聞こえた。男の子の腹の虫だ。恥ずかしそうな表情で通夜女を見上げている。小太郎の幼い頃を思い出す。この年頃の男の子が持つ木綿《もめん》のような無垢《むく》さはまぶしい。女の子はそれを生まれる時に母の胎内に置いてきてしまう。あったって、生きるのに邪魔なだけだもの。それを男の子は小さな手に握り続けているのだ。

老婆は男の子の手を握り、「よし、腹いっぱい食いに行こう」と言った。

式場も大きかったが、お浄《きよ》めの席も広く、いったいどういう了見でこんなに広い部屋でやることになったのか、ちょっとしたホールのようだ。公営の斎場は座敷だったが、こちらは靴を履いたまま参加できる。

大きな丸テーブルが七台あって、寿司桶《すしおけ》や大皿に盛られた天ぷらが各テーブルに置いてある。ジュースやビールもある。まだ遺族はいない。全く人がいない。

ここ、ほんとうに詰襟少年のお浄めの席だろうか。よその部屋と間違えたのではないだろうか。ホールの入り口には薄葉《うすば》家と書かれてあり、それは詰襟くんの式場にも墨字で書かれてあった。珍しい苗字だからきっと合っているのだろうけれど、弔問客の少なさを予測できなかったのだろうか。

なんだか妙だ。

老婆はひるむことなく男の子をひとつのテーブルに連れてゆき、椅子に座らせた。男の子は首から上がやっとテーブルから見えるほど小さくて、大きく目を開いて寿司桶を見つめている。老婆は隣に座り、皿に寿司を数貫取り、男の子の前に置いた。

男の子はカッパ巻きを手で摑むと、口に押し込むようにして食べた。そのあとはもう、やめられない止まらないという体《てい》で、玉子、いくらと、どんどん頬張る。そんなにがっついたらむせるのにと思ったらもう、むせた。

「落ち着け」

老婆はオレンジジュースをグラスに注いで男の子に渡した。男の子は両手でグラスを抱え、いっきに飲み干す。そしてやっぱり咳き込んだ。

「ゆっくりお食べ」

老婆は微笑みながら、まぐろや白身魚をいったんはがしてわさびを箸《はし》でこそぎ落とし、男の子の皿に載せた。

この人たち、何者？　ひょっとして食べに来ている？

「あんたもお食べ」と老婆に言われた。ぴしりと命令するような口調だ。わたしは辺りを見回し、誰もいないのを確認すると、老婆に近づき、「お孫さんですか？」と尋ねた。

老婆はうるさいねというように迷惑そうな顔で席を立ち、男の子から距離を置くと、わたしにささやいた。

「近所の子さ」

「あなたの近所？　この葬儀場の近所？」

老婆は襟を整えながら、驚くべきことを言った。

「母親が出ていったきり、二、三日戻らないんでね。お腹をすかせてるのさ」

「はあ？」

なんですかそれは。

育児放棄。事件じゃないか！

男の子は清潔そうな水色のシャツと紺色のチェックの半ズボンを穿いていて、青い運動靴も傷んでいない。わたしが想像するネグレクトのイメージとはほど遠く、おぼっちゃま、とまでは言わないけれど、そこそこの家庭で正しく生育中、というふうに見える。

「母親は、あなたの娘？」

「だから近所の子と言うたろう？」

通夜女はあきれたような目で、わたしを見た。

落ち着け。落ち着くのだ。どうすればいい？　どうすれば……。

「警察に届けるべきです」と言ってみた。

届けます、とは言わなかった。わたしには関係ない、ということを強調したかった。警察に行くなんてとんでもない。なぜここにいたのかを説明しなくてはならなくなる。そんなことはできない、絶対に。でも誰かがやるべき。わたし以外の誰かが。それはほんと。

老婆は首を左右に振った。

「いつものことさ。明日あたり戻ってくるから心配ない」

近所の子だと言った。たしかに事情に通じているような落ち着きがある。こんなに小さな子を置いてひと晩でも家を空けたら、それは立派な犯罪で、通報されてしかるべきだ。二、三日戻らないって。いつものことって。どういうこと？

男の子は干瓢《かんぴょう》巻《ま》きに手を出している。こちらを見てにっと笑った。白い歯。ネグレクトの子は歯が溶けてしまっていると聞いたことがある。この子は大丈夫、今のところ歯に問題はないみたい。それほど悲惨な状況ではなくて、両親が急用で、近所の老婆にちょっとだけ預けている、ということなのかもしれない。うん、たぶんそう。それが妥当な線。そのように解釈すれば、わたしは何もしなくていい。だからそう思うことにした。

「それよりお前さん、今日はうまくやったじゃないか」と老婆は言った。

「え？」

「香典を出さなかったろう？」

やだこの人、どこからわたしを見ていたのだろう？

老婆はにやりと笑い、「寿司は天下の回りものさ」と言った。そして席に戻ると、男の子の隣で自分も食べ始めた。

「そうだよお寿司は回るんだぜ」

男の子は顔を上げて言った。

「でもこのお寿司は死んでるなあ。ママが連れてってくれるところはお寿司が回ってるんだぜ」

男の子はこんなふうにね、と小さな手でくるくると円を描いた。

「あんたのかあちゃんは偉い」

老婆は微笑んだ。笑うと塩分の高い梅干しみたいな顔になる。表情によっては世間知らずの童女のようにも見えるし、子どもが特殊メイクでおばあさんになった、というような違和感もある。

「寿司は元気に回るのが一番。いきのいい証拠さ」

老婆は愉快そうに言った。

男の子はにっこりと笑った。得意げに、本当にうれしそうに笑い、ご飯つぶが付いた指でイクラの軍艦巻きをつかむと、椅子からぴょんと降りて、こちらに走ってきた。そして「んっ」と、わたしに差し出す。

「死んでるけどうまいぞ、お寿司。なんかさ、死んでるほうがおいしいかも。な、食おうよおばちゃんも」

汚い、と思ったけれど、しかたなく受け取って、迷ったけれど、えいっと口に放り込んだ。おいしい。おばちゃんと言ったことを許してやるか。

それにしてもわたしたちだけ？　ホールには未だに誰もいない。こんなに料理をいっぱい準備して……弔問客なしってどういうことだろう？

ガラガラガラと低い音が響いた。

「そこのお三人、デザートはいかがですか？」

ホールにわたしたち以外の人間がやっと現れた。彼が押すワゴンにはたくさんのケーキが並んでいる。

「あ……」

アイドルみたいな女の子の通夜にいて、ケーキを勧めてくれた青年ではないか。

「あの、あなた、このあいだ妹さんを亡くされましたよね？」

「妹？」

「わたしです、覚えていませんか？」

青年は「ああ、はあ」と申し訳なさそうな顔をした。今日もスタッフのネームプレートをしておらず、ブラックフォーマルで、遺族か弔問客にしか見えない。それにしても、先々週会って、話をしたのにもう忘れられてしまっている……。わたしって存在感薄いのだ。

しかたないのかな。

ごく普通の平均的な人々は、毎日のように外へ出て、仕事をしたり勉強をしたり遊んだり、先々でいろいろな人と出会って笑い、時には怒り、小さなことは煙のように消えて記憶に残らないのだ。

わたしはほぼうちにいて、出かけるのは通夜だけだから、通夜でのひとつひとつの記憶が鮮明だ。

記憶って怖い。一度口をきいたくらいで覚えているこちらのほうが異常なのかもしれない。各々の脳内で生きていたり死んでいたりする。覚えているのが自分だけとなると、その事実はなかったことになり、それを覚えている自分は妄想のひと、になってしまう。

「二十歳になる前に亡くなられた人、妹さんではなかったのですか？」

「妹はおりません。ぼくあなたに妹だなんて言いました？　いつですか？」

「妹だと聞いたわけではありませんけど、でもだって、あなた今もほら、スタッフの制服ではないし、ご親族じゃないんですか？」

「あの、あなたは薄葉家のご遺族の方ですか？」

問い返されて言葉に詰まる。まごついていると、老婆が口を出した。

「通夜女じゃよ」

青年はハッとして、老婆を見た。それからわたしを見て、再び老婆を見て、うーむとうなると、感極まった表情になり、「そうでしたか……」とつぶやいた。

それから妙にかしこまった姿勢をとり、敬礼はしなかったけれど、それくらいの丁寧さで老婆を見て、「一度お目にかかりたいと思っておりました」と、深々と頭を下げた。まるで拝み倒さんばかりの謙虚な態度である。

わたしは面食らった。

「知っているんですか？　通夜女を」

「もちろん知っています」

青年は静かにそう答えた。日曜の次には月曜がくる。それと同じくらい当然の理《ことわり》である、という顔をしている。

「ぼくが聞いたのは都市伝説です。夜な夜な通夜に現れる女性。その女性が現れると亡くなられた方が成仏できるという、ある意味縁起物というか、やはり……伝説です」

そこまでしゃべると青年は急に辺りを窺い、声をひそめてささやいた。

「通夜女が現れると葬儀社が儲かるという言い伝えがあるとも聞いています。噂ですけれどね、経営者が雇っているケースもあるとかないとか。だから、伝説ではあるけれど、実在しているというか、とにかくひじょうにありがたい存在として、ぼくは認識していました」

老婆は不機嫌な顔をした。

「わたしは雇われ通夜女ではない。そんな養殖ウナギみたいなやつと一緒にしないでくれ」

「天然ですか！」

青年の頬は喜びで紅潮した。

「写真撮らせてもらってもいいですか？」

青年はいそいそとスマホを構えた。老婆はまんざらでもないという顔をして半襟を整え体を斜めにしている。

何これ、どういう展開？

青年はシャッターを切り、「ありがとうございます。お守りにします。ＳＮＳはやっておりませんので画像流出等々ご心配には及びません」と言った。

お守りって、いったい何のお守りになるというのか。この青年、顔はよいけど馬鹿なのだろうか。それとも通夜女を知らないわたしが阿呆《あほ》なのか。

先日この老婆から通夜女という言葉を教わって、すぐにスマホで検索したけれど、どこにもそんな言葉は見当たらなかった。学生時代なら、学校帰りにカフェに寄り、友人たちに「知ってる？ 通夜女」と聞けるのだけど、そういう、ちょっとしたことを話す仲間は今ひとりもいないし、社会人としてがんばっている友人たちにくだらないことでメールをするのも気が引けた。だってネッシーやツチノコみたいな、未確認生物だもの。「ひきこもりの妄想」と心配されてしまう。

学生ではなく、会社員ではなく、主婦でもないわたしには、相談相手がいない。体の不安ならば医者に、生活の不安ならば区役所の生活課に相談できるけれど、「通夜に趣味で通ってみたらさ」と気軽に話せる友はいない。

かといってSNSで他人と会話をするのは嫌だ。一次面接でたった四人のおじさん相手にうまくコミュニケーションできなかった自分が、不特定多数の人とやりとりするなんて、考えただけでしんどい。炎上の日々が待っているだけだ。SNSを使いこなせる人は、実社会でもじゅうぶんやっていける人だとわたしは思う。

そんなわたしでも、インターネットの情報は信頼している。だから、検索してもひっかからない「通夜女」をどう受け止めたらよいのかわからない。

青年はよほど嬉しいのか、目を輝かせている。

「都市伝説ってあなどれないですねえ。口裂け女もターボばばあも実際にいるのかなあ」

「ターボばばあって？」

そう尋ねたのは男の子だ。青年は微笑みながら説明する。

「高速道路を走っているとさ、すっごいいきおいで追いかけて来るおばあさんがいるんだって。百キロくらいの速さで」

「百キロってどれくらい？　横綱くらい？」

「横綱？　うーん。違うなあ、百キロの意味。えーっと君はいくつ？　何年生？」

「二年生」と男の子は言った。

二年？　体が小さい。小二って、こんなもんだっけ。

「キロはキロでも違うんだよなあ。えーっと」

青年は精神年齢が低いのだろうか、子ども相手に一生懸命である。わたしは都市伝説よりもこの青年の素性が知りたい。

「あなたは亡くなられた中学生とどういう御関係なんですか？」

「中学生？」

「ここって薄葉家の席ですよね。遺影が詰襟学生服の」

「ええ、薄葉家のお浄めの席です。でも中学生ではないです。三十三歳で亡くなられました」

「うそ、だって遺影が」

「成人してからの写真が一枚もないそうです」

「そんな人いるのかしら？」

青年は「いろんな人がいます」と神妙につぶやいた。

「だって、証明写真もないのかしら。三十三歳だったら運転免許とかパスポートとかは普通持っているでしょう？」

「普通？」

通夜女がつぶやいた。「普通？」もう一度つぶやいた。普通って何だ、定義はあるのかとこちらに問いただすのではなく、自分自身に問うているような感じ。普通って何だっけと。

わたしも考えた。普通って何だっけと。わたしは三十三歳になったら運転免許やパスポートを持っているだろうか。今、持っていないものを九年後に持っているだろうか。そういう「普通」に戻れるのだろうか。そもそも以前は普通だったのだろうか。普通って何だろう？　普通がわからない。

「普通なんてない」「人それぞれ」「世界に一つだけの花」というのが、新しい時代の正論だけど、基準がないってすごく怖い。わたしのように信念のない人間は、基準との距離感で幸不幸を測る。規準がなければ、自分のことすらつかめない。

トキばあは「これこれこういうもの」とすぐに決めつけた。「残さず食べろ」「女の子は膝を揃えて座れ」「ひらひら飾りのある服は着るな」「鉛筆はＨＢ」「出したものは元の場所へ戻せ」「早起きは三文の徳」

規準の人であった。強引で、窮屈《きゅうくつ》で、第一理屈が通ってないし、嫌だった。嫌だったのに……。

青年はつとめて誠実そうに言った。

「彼はひきこもりでした。誰に何を証明する必要もなかったのです」

ぐさりと胸に刺さった。

なるほどだから弔問客がいないのだ。遺族しかいないのだ。痩せ細った両親らしき人たちの姿が蘇る。がらんどうのホール。

未来の自分の通夜を見るようだ。ひきこもり続けて死んだら、弔問客がいなくて、こういう葬儀になる。惨《みじ》めだ。いっそ葬儀などやらないでほしい。死に顔だって見られたくないし。意思を持たない顔を一方的に見られるなんて、恥ずかしい。とっとと焼いて骨にしてほしい。

それにしても薄葉家は何を考えているのだろう？　ひきこもりなのに、こんなに大きな式場で葬儀をするなんて。

そして目の前の青年は何者？

「それであなたは、亡くなった方の唯一のお友だちですか？」

「ぼくは……」

青年が言いかけた時、「これ食べたい」と男の子が言った。

ワゴンにかぶりつくようにして、ケーキを見つめている。あんなにいっぱいお寿司を食べたのに、まだ食べたいようだ。

ワゴンの上には先日と同じショートケーキもあるし、変わった形のチョコレートケーキやプリンもある。今日は豪勢だ。

「いいよ、どれにする？」

青年の問いに、男の子はチョコレートケーキを指差し、「ウンチみたい」と言った。青年はなんとも言えない表情をした。

「ウンチは嫌か？」

「ウンチが食べたい」

青年がとってあげたウンチケーキを男の子はフォークを上手に使って食べ始めた。空腹ではないからだろう、落ち着いた食べっぷりだ。育てている人が食べる時の姿勢やフォークの使い方をきちんと教えているのがわかる。

「あなたもいかがです？　それから、通夜女さんも」

老婆は先日と同じショートケーキを選んだ。わたしはプリンを選んだ。白い陶器に入っていて、しゃれている。味はやはり普通というか、ひねりがない。まずくはないけれど、残念な味。

「そのチョコレートケーキの形、ユニークですね」

お世辞にもプリンをおいしいと言えないから、そう言ってみた。男の子は口の周りを茶色くして「ウンチウンチ」と笑っている。

青年は困ったような顔をした。

「これは木魚のデザインのチョコレートケーキなんです。そう見えませんか？」

「木魚？　あれはえーっと、ヤシの実みたいな大きさで、鈴みたいな形をしてるやつですよね。あ、でも木魚っていうんだから、魚か」

「木魚には魚が彫り込んであります。木魚に似せてクリームをうろこ状に絞ってあるのです」

「うろこ……」

「さっきの話の続きですけど、ぼくはケーキ屋です」

「えっ？」

「ケーキ屋と言っても、街の小売店ではなくて、製造業です。主に公的機関の食堂に卸しています。区役所とか病院などの食堂や喫茶店です。社名はニコニコケーキランド。ケーキだけではなく、クッキーやゼリーも作っています。ぼくは販売促進部のケーキ課で」

「ケーキ課？」

「ええ。うちの会社はおっさんばかりで、ケーキと景気をかけて、あえてケーキ課という名に」

なるほど親父ギャグが横行する会社で、だから味がいまいちなんだ。

「ケーキの販売促進で葬儀場に出入りさせてもらっています。葬儀社から露骨なセールスはするなと言われているので、喪服を着てさりげなくサービスさせてもらっています。毎日のように葬儀に顔を出し、多くの人にケーキを勧めているので、お会いしたことを覚えていなくてすみません」

老婆が「出入り業者かい」とつぶやいた。

「葬儀社をくどき落とすのに一年かかりました」

青年はワゴンの上のサーバーから珈琲を注ぎ、カップをわたしと老婆の前に置いた。珈琲もファミリーレストランのドリンクバーレベルの味だ。まずくはないけど、深みがない。

「どこの葬儀社もケーキなんてとけんもほろろでしたが、うちの話に耳を傾けてくれたのは歴史ある葬儀社さんで、時代にあった葬儀のありかたを模索中だそうで、受け入れてくれました。ここはその葬儀社さんがよく利用する葬儀場のひとつで、近代的な設備があり、業界トップの広いホールがあります」

「葬儀にケーキはどうなんでしょう？」

「契約は締結していません。まずはただで置かせてもらうことから始めています。この段階で食べてもらえなくては契約が取れません。で、こうしてお浄めの席で販促活動を」

「どうして葬儀なのですか？　結婚式じゃなくて？」

青年は首を横に振った。

「結婚式場は無理です。ぼくらのような弱小企業は入り込めません。人生の晴れ舞台で、みなさん味にこだわりますし、雑誌に載るようなケーキしか喜ばれません。そもそも最近ではケーキそのものが斜陽なのです」

「そうなんですか？」

「ええ、昔はよそのうちに行く時には手土産にケーキを持っていくという文化がありました。今は健康志向で、子どもがいる家に甘いものを持っていくと嫌がられたりするのです。

アレルギー問題もあります。今は断然パンです。国産小麦粉にこだわったパンとか、米粉のパンとか、とにかく砂糖不使用のものが喜ばれる時代です。ケーキにしても、よほど特徴がないと。うちにはフランスで修業したパティシエなんていないわけで。普通の材料で作った普通の味のケーキですから」

大味で、ありがたみのないケーキだ。今どきめずらしいレベルの、普通に届かない味である。

「このプリン、見た目はいいと思いますよ」と言ってあげた。

青年はうれしそうに微笑んだ。

「ええ、陶器にこだわりました。骨壺《こつつぼ》をイメージして」

は？

そういえば……そんな形。げーっ、食べちゃった！

「骨壺プリンだなんて、あまりにも不謹慎じゃないですか？」

「不謹慎ですか？　それは気づきませんでした。ケーキが持つめでたいたたずまいを消そうと試行錯誤して、商品開発部とともに試作を繰り返し、ここにたどりついたのです。場に馴染み、邪魔をしないものをと思って」

おっさん会社って、おっさん会社って、馬鹿？

じゃあどのようなケーキが良いのか、と問われても思いつかないけれど。

通夜の場に馴染み、邪魔をしないという発想は、通夜女の存在意義に似ている。でも骨壺プリンや木魚ケーキはいかがなものだろう？

「うちうちで会議を重ねるうちに、市場とかけ離れた発想になってしまったのかもしれませんね」

青年は素直に反省し、ぶあついシステム手帳に「骨壺プリンは不きんしん」と書いた。謹慎という漢字が書けないのかな。知性は低そうだけれど、社会人なのだ、この人は。だから一度ダメ出しをくらっても諦めないのだ。

わたしは不謹慎という漢字が書ける。けれどダメ出しに滅法弱い。この世を生き抜く鍵は知識の量ではなくて、へこたれない鈍さというか、弾力性かもしれない。

「目の付けどころはよいぞ」と老婆は言った。

「しかし普通が一番だ」

さきほど「普通」に疑問を呈した老婆は、あえてというふうに「普通」を使った。

「ケーキはショートケーキがよろしい。おにぎりは塩むすびが一番うまい」

「塩むすびって何？　小結の下？」

男の子が口を出した。お腹が満たされると元気になるのか、なかなか愛嬌のある顔に見えてきた。それにしても相撲が好きなのかな？　横綱とか、小結とか。

「塩むすびは小結より上だ」と老婆がいい加減なことを言った。

「通夜にケーキをと提案したのはぼくなんです」と青年は言う。

「若手のぼくの企画が通って、すでに会社が動いてしまっているので、失敗できません。わが社はこれしか道がないというか、起死回生です」

「このあいだの女の子が二十歳というのは作り話？」

「それは事実です。葬儀社の協力を得て亡くなられた方やご遺族の事前リサーチはばっちりやります」

　青年はぶあついシステム手帳をめくり始めた。

「どういう方がどのような理由で亡くなられたか。そしてご遺族のみなさまはどのようなお気持ちでいらっしゃるのか。亡くなった方の生前の食習慣もお聴きして、心をこめてお届けしています」

　わたしは気になっていたことを尋ねた。

「今日の人、薄葉さんは何で亡くなったの？」

　青年は手帳を閉じ、言葉を探しているようだった。それからうんうんと頷くと、「ひとりで生きる限界というか……」と言葉を濁した。

聞かなければ良かった。

宿題を出されたような気がする。このままでどうする、お前もいつかこうなるぞ、将来のことを考えろと。癒されに来たのに、説教されたような気持ち。気が滅入る。

「もう一個ちょうだい」と男の子は言った。

生命力の塊《かたまり》のような子だ。

「寝る前にケーキを二個食べるのはなあ」

青年は商売よりも男の子の健康を優先し、それ以上は食べさせなかった。

「帰ったら歯を磨くんだよ」などとおせっかいもやいている。そしてわたしを見ると、

「あなたも通夜女さんなのですね」と言った。

何と答えたらよいのかわからずに黙っていると、ごおお、と地響きのような音が聞こえてきた。

見ると、喪服の女集団が一心不乱に階段を駆け上がり、こちらに走ってくる。何十人もの喪服の女たちが、入ってくるなりホールに散らばり、数人ずつ丸テーブルに分かれて着席した。まるでオリンピック開会式のマスゲームのように、統率されている。

そのうちのひとりが立ち上がり、みなを見回した。ひときわ背が高く、モデルのような美しい姿勢で、ボブスタイルの髪が艶やかだ。彼女はハイヒールでカツンと床に音を立て

た。その瞬間、スイッチが入ったように喪服の女たちが動き始める。じくしくと泣くもの、寿司をつまむもの、いきなりホールの中がお浄めの席らしくなった。

唖然《あぜん》として見ていると、そこに遺族の七人が加わった。喪服の女たちは遺族にビールを勧める。どこぞの偉人が亡くなったかのような、大人数のお浄めの席である。

「全然ひきこもりじゃないじゃん」

「これは……」青年は信じられないという顔をしている。

「女ばかりこんなに。ひきこもり君、実はすごい女たらしだったとか？」

言いながらわたしは老婆を見た。いない。

いつの間にか席を立った老婆は、男の子と手をつないでホールから出て行こうとしている。

「帰るんですか？」

あわてて席を立ち、追いかけた。すると先ほどの背の高いボブヘアの女がわたしを追い越し、老婆に向かって叫んだ。

「橘《たちばな》のおばあちゃん！」

聞こえないのだろうか、老婆はさっさと階段を降りてゆく。

ボブヘア女はさらに声をかける。

「裕也《ゆうや》くん、残念でしたわね」

老婆は踊り場で振り返り、「ああ、ほんとうに残念だ」と言った。

「お前さんは元気そうだな。ずいぶん背も高《たこ》うなって。それじゃ嫁の貰い手もないな」

「ご心配いたみいります。でもそれってセクハラですよ。一応、ご忠告です」

女は余裕の笑みで言い放つと、くるりと後ろを向き、驚いているわたしと目があった。

「あなたは？　裕也の何？」女は詰問調だ。

「わたしは……その……あの」

裕也っていうのは、ひきこもりで死んだ人だな、きっと。

「友だちです」と言ってみる。

「あら、裕也にそんな人がいたなんて知らなかった」

女は疑うような目でわたしをじろりと睨み、「さぞかしお力落としのことでしょう」とささやいた。

うろたえて踊り場を見ると、老婆と男の子はもういなくて、ホールを見ると、ケーキ屋もいない。わたしはあわてて階段を駆け降り、エントランスを見回したが、老婆も少年も消えてしまった。

橘のおばあちゃん？

通夜女は橘のおばあちゃん、なのか。

彼女に名前があることに、とまどいを感じる。なんだか本当に壁紙というか、空気というか、通夜女という身分で、名前などない人に思えていた。

やはり死者と知り合いだったのか。薄葉裕也というひきこもりと。

通夜と通夜を渡り歩くという話はでたらめなのだろうか。

夢から覚めたような気持ち。がっかりだ。


帰宅すると、母が死んでいるように見えた。

リビングのソファであおむけになって、顔には白い布がかかっている。よく見るとお肌のパックのシートで、手入れをするうちに寝てしまったようだ。

リビングにはカレーの匂いが充満していて、なんだかそれも、母が死んだように見えた一因に違いなかった。「死ぬまでうちではカレーを作らない」と母は宣言していたから。

トキばあが死んだ時、キッチンでカレーを煮込んでいた母は、わたしの泣き声に飛んできて、倒れている姑《しゅうとめ》を発見。すぐに救急車を呼び、病院に付き添った。鍋は火にかけっぱなしで、安全装置が作動したから火事にはならなかったものの、ガスレンジの周囲は黒焦げになり、リフォームせざるをえなくなった。「火事になっていたら子どもたちが危なかった」と、母の悔恨《かいこん》は深く、あの日以来うちでカレーが作られることはなくなった。

おなかが鳴った。

ホーロー鍋に作られたカレーを覗いてみる。表面に膜が張っている。まだ誰も食べていないのだろう、たっぷりとある。換気扇を回し、コンロに火を点《つ》けた。

「おかえり」母が目を覚ました。

ふたりでカレーを食べた。コクがあっておいしい。ビーフカレー。辛さは中くらい。トキばあが死んだ日は甘いカレーの匂いがしていた。あの頃うちにはわたしと弟、ふたりの子どもがいて、だからわが家のカレーは甘口だったのだ。

大人ってご立派。わたしは子どもに合わせて甘口カレーを食べるのはごめんだ。自分用に別に作るか、どちらもレトルトで済ませてしまうだろう。

ふと、今日会った男の子を思い出す。あの子のうちのカレーはどんな味だろう？

「カレーなんて、どういう風の吹き回し？」と尋ねると、「さっちゃんこそ」と言われた。

「最近よくでかけるけど、その服……」

着替えるのを忘れていた。シフォンの長袖が付いた黒いワンピース。ブラックフォーマルどまんなか。もう七月。暑苦しいけど、葬儀場には馴染むのだ。

「黒が流行《はや》ってるんだ」

「ふうん」母はそれ以上尋ねてこない。

わたしは食事を切り上げ、シャワーを浴びることにした。パジャマを取りに二階に上がろうとして、ふと、リビングの風景に違和感を覚えた。サイドボードの上に何かが足らない。

「ここにあった金魚鉢は？」

皿を洗い始めた母は水の音で気づかないのか返事をしない。大きな声で問い直す。

「クジラはどこ？」

「死んじゃったわよ」

「え？」

「黒い出目金でしょ」

「嘘」

「庭に埋めたわよ」

「嘘」

「嘘ついてどうするの」

母は水を止め、こちらを向いた。

「一ヶ月も前よ。とっくに気づいてると思ってた」

一ヶ月前と言えば、小太郎の結婚式のあとだ。通夜に出かけたり準備をしたりと、外に意識を取られて、クジラに餌をやる、というたったひとつの任務を忘れていた。ひょっとして餓死？

頭から血が引いてゆく。わたしが殺した？

「そんな顔しないの。餌はわたしが毎日あげていたから。きっと寿命だったのよ」

母は娘を責めるでもなく、済んだことよとさらりと言った。

懐中電灯を持って暗い庭に出た。

そう言えば庭に出るのも久しぶりだ。ひまわりが咲いている。そういう季節なのだ。ひまわりは昔からちょっと苦手。夜見ると、人のように感じる。しゃべらない人は不気味だ。棺の中の人もしゃべらない。だからわたしは通夜で棺を覗かない。

ひまわりの根元に墓らしきものを見つけた。手のひら大の石に黒いマジックで「くじら」と書いてある。この下にクジラがいる。掘り返したら会えるだろうか。まだ骨にはなっていないはず。土に還る途中だろう。土に還るって、言葉は綺麗だけど、要するに腐敗だ。想像すると恐ろしく、見る勇気はない。

母がクジラに餌をやり、死体を見つけ、埋葬《まいそう》した。わたしのクジラなのに、看取《みと》ったのは母。なぜ教えてくれなかったのだろう？

クジラ死んだわよ、って。

墓の前で手を合わせた。喪服が皮肉にも場に馴染む。

「通夜なんぞに遊びで行くから、バチが当たったんだ」

トキばあの声が聞こえたような気がした。

通夜レディ

「やり直し！　角と角をぴしっと合わせなさい」

トキばあの罵声《ばせい》に、幼いわたしはびくびくしながら色紙《いろがみ》を折った。

三歳から始まったトキばあの折り紙教室。

幼稚園から帰ると居間のちゃぶ台に正座させられ、折り紙をさせられた。きちんと折り上げるまで、おやつはおあずけだ。

まずは二つ折り、三角に折ることから始まった。脳と指先の連動が未成熟な三歳のわたしには難しく、一ミリのずれもなく折れるようになるまで、そればかりをやらされた。面白さのかけらもなかった。紙の色が日によって変わるのがせめてもの救いだ。グレーだとやる気が下降し、ピンクだと上がった。三角ができるようになると、四角い二つ折り、三つ折りへと進み、折りの基本をマスターすると、形あるものに入った。

言われた通りに折ってゆくと、蛇《へび》ができた。げんなりしていると、次に教わったのは朝顔。気分が微上昇。それからチューリップ、バラ、あやめ、船。船にもヨットや和舟《わせん》があった。

わたしはどれも一度で折り方を覚えることができた。トキばあがひと折りごとに意味づけを講釈したからだ。形ができることに興味もわいた。紙風船ができた時はうれしくて、庭で空へ放って遊び、転んで顎を地面に打ちつけ、前歯で下唇《したくちびる》を切り、出血した。紙風船は血塗られた思い出だ。

五歳で鶴が折れるようになった。首の角度や羽根の折れ具合にも正解があった。トキばあは独創性を認めず、必ず正解を提示し、わたしにそれをなぞらせた。この頃から、「丁寧に正確に」を心地よく感じるようになった。ひと折りすると、背筋が伸びる。完成すると、気分は爽快。一方、急ぐと折りずれができる。気が散ってもずれてしまう。折り紙は心を映す。欲を出さず、ひたすら折り目正しく、順序を守るのが肝心だ。

今思うと、座禅に通じるかも。折っている間は無心になれるのだ。

大学で折り紙サークルに入った時、わたしはトキばあの折り紙教室のことをすっかり忘れていた。もともと得意だと思っていたし、在学中も思い出すことはなかった。クジラの死を知った夜、ベッドで、ふいに思い出した。

そのうち弟が教室に加わった。たしか小太郎が三歳、わたしが五歳の時だ。小太郎は初日に三角をぴしりと折った。トキばあは「すばらしい」と褒めた。わたしは隣で鶴を折りながら、あせりを感じた。こいつ、明日にも鶴を折り出すかもしれないぞと。

あせりは杞憂《きゆう》に終わった。小太郎はじっと座っていることができず、早々に逃走した。不思議なことに、トキばあは叱らなかった。「三日坊主とはこのことだ」とげらげら笑っていた。

なんでわたしばかり。小太郎に甘すぎ。不満が膨れ上がった。不満を持つと、折りずれが多発する。結果、「やり直し！」と怒鳴られる。ふてくされると、ものさしで腕を叩かれた。

わたしはトキばあを憎んだ。小学校に上がるタイミングで折り紙教室をボイコット。家の外に目が向くようになり、自転車が欲しくなって、手に入れた途端、トキばあはこの世から消えた。

あの時、トキばあはわたしのピンクの自転車に補助輪を付けていた。炎天下、長いことかがんだ姿勢でいて、立ち上がった途端に倒れたのだ。

軽佻浮薄《けいちょうふはく》なものが大嫌いだったトキばあ。「浮わついた色だ。むかつくわい」と毒づいていた。ひょっとして、体調が悪くてむかついたのかもしれない。幼い頃の記憶はあやしい。本当は優しい人だった？　いや、それはない。口うるさかったのは事実だ。

なぜわたしにばかり折り紙を強制したのだろう。

小太郎のように逃げてしまえば、笑って許されたのだろうか。

深夜二時。なんだか眠れなくなってしまった。

部屋を出て一階に降りた。薄暗い中、冷蔵庫を開け、作り置きの麦茶をグラスにうつす。一口飲んだあと、リビングのサイドボードにグラスを置く。ここにいたクジラ。水に浮かび、動かなくなったクジラの姿を想像してみる。見なくて済んだ。それでよかったのだろうか。

疲れた。ソファで横になると、テーブルに夕刊が開いたまま置きっ放しになっており、『ひきこもりの犯行』の見出しが目に飛び込んできた。

ぎょっとして体を起こし、照明を点ける。

都内で不審火が発生している、というニュースは知っていた。公園の砂場でダンボールを大量に焼くという奇妙な犯行で、目的がわからないし、エスカレートして家屋への放火になるやもしれず、パトロールを強化したところ、「本日未明、四十代の男性を現行犯逮捕」とある。「自宅にこもりきりで、近隣住民も容疑者の存在を知らなかった。動機の解明が急務」とある。記事には過去ひきこもりが起こした事件が列挙されていた。

小動物の虐待（二十代男性）、親殺し（十六歳少年）、未成年者への性犯罪（三十代男性）、器物損壊（四十代女性）。

そんなの、ひきこもってなくても起こす。犯罪者全体数との比率を示すべきではないか。ひきこもりを色眼鏡で見ないでほしい。少なくともひきこもりは交通事故を起こさない。と、思う。

新聞は広げてあった。この記事を読んだのは父だろうか、母だろうか。「うちの子も犯罪を起こしたらどうしよう」とふたりで話し合ったのだろうか。

いずれわたしも加わるのだろうか。弔問客なりすまし（二十代女性）。

照明を消し、そっと二階へ戻った。


通夜通いをやめられない。

三つの葬儀場を日を変えて渡り歩いた。趣味というよりも、中毒のようになっていた。毎日のように出かけた。朝、「雨だから今日はやめておこう」と思っても、午後になるとそわそわし始め、夕方四時を過ぎると身支度を始め、家を出る。

友引には葬儀をやらない、という決まりは知っていたので、その日だけはうちにいた。仮通夜というものはやっているらしいが、それって身内だけで過ごすもので、弔問客を受け入れてはくれない。

大きな葬儀場でも、ごくたまに空振りの日があった。そんな日は本屋に寄って一冊だけ本を買い、カフェで読んだ。

本屋では平積みや面陳になっている話題本を避けた。棚に入っていて、タイトル名も作家名も知らなくて、薄いものを選んだ。二、三時間で読み終えると、カフェのテーブルに置きっぱなしにして帰った。ゴミ箱がある店では、そこへ放り込んだ。家に帰る頃には内容を忘れてしまった。

本を捨てることに快感があった。自分より下がいる安堵。わたし自身が捨てられていた。社会はわたしが存在することすら知らないだろう。

通夜は、お経が始まる頃に着席して焼香し終えたら帰る、というコースで、お経のあとの法話は聞いたり聞かなかったり。法話そのものがないときもあった。お浄めの席には行かなかった。ボブヘア女と老婆のやりとりが胸に引っかかった。老婆が「橘のおばあちゃん」と知り、しらけた。彼女には苗字なんて要らない。ただの通夜女でいてほしかった。わたしも通夜では名もなき女。人が集まる場所に身を置き、誰とも話さなくて良くて、何か話しかけられそうになっても、ハンカチで目を押さえていれば、やり過ごせる。わたしはただ、香を嗅ぎ、お経を聞きながら癒されたかっただけで、人の不幸そのものには距離を置いていた。

傍観者として不幸の場にいることで、息をするのが楽になったし、先のことを考えることから解放された。

しかしやがて先はやってくるものである。

通夜へ通い始めて三ヶ月にもなると、わたしの中で変化が起こった。法話で、死者の半生に特徴的なエピソードがあるのを知ると、親族の話を聞いてみたい、と思うようになった。特徴的なエピソードというのは、たとえば、遺影では生真面目でごく普通のサラリーマンに見えるのに、元暴走族だったとか、逆に遺影はいかにもチンピラっぽいのに、死因が川に流された祖父を助けようとして溺死、だったりとか。助けられた祖父がすまない、すまない、と泣きながら手を合わせているのを見て、もっと死者のことを知りたい、ディープに関わり、リアルな不幸を味わいたいと願うようになった。

わたしは泣きたくてしかたなかった。できれば号泣したかった。泣くことでのカタルシスを欲していた。

通夜式までは、するりと入り込める。でも、お浄めの席の敷居は高い。

やはりあの老婆の存在が必要だ。橘という名が引っかかるけれど、彼女と一緒ならば不安を感じずにお浄めの席に着くことができる。

不思議なことに、会いたいと思うと会えないのだ。

式場で老婆の姿を探す日が続いた。

そんなある日、とうとう見つけた。

彼女に最後に会った、あの民営の大きな葬儀場・飛合斎場にある中規模の式場で、受付が閉じたタイミングに彼女が現れた。まるで幽霊のように、闇から浮かび上がるように現れると、音もなく式場の中へ吸い込まれていった。わたしは彼女の隣に滑り込むようにして、座った。

お経と木魚の音を聞きながら、老婆にだけ聞こえる声でささやいた。

「やっと会えました」

老婆は無言でぴくりとも反応しない。

「今日はおひとりですね」

老婆はちらりとこちらを見たが、うるさそうな顔をして目をつぶり、数珠を持った手を合わせ、お経に耳を傾けている。

「男の子は?」

「………」

「あの男の子はどうしました?」

老婆はわたしを無視し続けた。やがて焼香が始まった。順番が近づいてきて、老婆は腰を上げ、わたしもそのあとに続いた。なんだか老婆の体がひとまわり縮んだように見え、ひょっとしたら人違いではないかとひやりとした気持ちにもなった。

遺影は高齢の男性で、てらてらと脂ののった丸顔であった。喪主は化粧の濃い老婦人で、おそらく奥さん。彼女も血色がよく、肥えている。夫婦って、血のつながりがないのに、長年連れ添うと似てくるものなのか。同じものを食べ、同じ空気を吸うと似てくるのかもしれない。りんりんサイクルの海野夫妻も笑顔が似ているし、うちの両親も揃って他意のない顔をしている。

焼香を終えて席に戻ると、老婆の姿はなかった。わたしはあわてて式場を出た。老婆はエントランスの端にいて、外へ出ようとしていた。

わたしは走って行き、「待ってください」と声を掛けた。

老婆はめんどうはごめんだと言いたげな顔をした。やはり通夜女だ。ほくろがあるもの。姿は今にも闇に消えそうに見えた。態度も存在も冷たくて薄くて、はかなく思えた。彼女が言った「通夜女は香の煙のように消える」という言葉がぴったりだ。

「弟子《でし》にしてくれませんか」

思ってもいない言葉が口をついた。消えてしまいそうな通夜女をつなぎとめるために、口が勝手に動いたみたい。

通夜女は呆れたような顔でわたしを見ている。その姿はさきほどよりはっきりとした輪郭を持った。目の前の通夜女の目に、意識に、わたしがちゃんと存在していると感じる。勇気のようなものがわいてきた。

「通夜女になりたいんです」

はっきりとそう告げた。発言してみると、そうだ、自分は通夜女になりたいのだと、気づいた。言葉に気持ちが引きずられたのだろう。

通夜女になりたい。なろう。今、決意した。

「通夜女は受付をせずに焼香を済ませ、通夜ぶるまいを食べたらそっと消える。お香のようにはかない存在ですよね。そういう、風景に徹する、というのをやってみたいんです。流儀を教えてください。今夜からわたし、通夜女になりますんで」

通夜女は「ほう」とつぶやいた。感心の「ほう」ではなく呆れたほうの「ほう」に聞こえた。わたしはひるまなかった。文具メーカーの面接で「話にならない」と言われて、一瞬にしてへこんだくせに、不思議と彼女にならどう思われてもいい、こちらは言いたいことを言わせてもらう、という気になれるのだ。

「あなたの弟子になって、毎晩ご一緒します。通夜女の立ち居振る舞いを伝授してください」

「ふうむ」

「明日はどの葬儀場ですか？　まずはスケジュールを教えてください。師匠」

通夜女は肩をすくめた。

「スケジュールなんて無縁だ」

「じゃあどこかで待ち合わせて」

「葬儀の場以外で会うことはならん。それが通夜女のしきたりだ」

「だったらよく行く葬儀場を教えてください。そこを探しますから。ここ以外ではどこかありますか」

「鬱陶しい」

「師匠の名前は？　たしか橘のおばあちゃんって呼ばれていましたよね。橘さんですか？　わたしの名前は」

「ならぬならぬ。通夜女に名前など要らぬ。風景だからな。そして香の煙のように」

「あとかたもなく消える……ですね？」

ざわめきが聞こえた。さきほどの通夜が終わったようで、みなが二階へと移動している。

通夜女はすーっとわたしを追い越し、集団に紛れ込んだ。弟子入りを許されたと感じ、追いかけた。

今までと違い、通夜女は遺族らしき人たちに混じってテーブルにつき、飲み食いを始めた。わたしは隣には座れず、近くのテーブルにつき、彼女の所作《しょさ》を真似ることにした。

喪主の老婦人はやはり妻のようで、よくしゃべり、よく食べた。ここ数ヶ月のあれこれを思いつくままに話す。旦那さんは糖尿病を患っていたらしい。けれど死因は癌《がん》で、見つかった時には進行していて、急速に衰えて逝ってしまったらしい。

「だからわたしは言ったんですよ。血糖値ばかり気にしないで、自由に好きなものを食べなさいって」

未亡人はくやしそうだ。

糖尿対策をがんばっていたのに、思いがけず癌が見つかり、それに命を持って行かれたことに、腹を立てているようである。

近くにいた中年の男女は、眉根を寄せている。

「おかあさんがそんなだから」と女が言いかけると、隣の男が「おかあさんを責めるなよ」と窘《たしな》めた。

兄妹のようである。

未亡人は「食べるしか楽しみがないのに、あれはだめ、これもだめって、あんたたちがうるさく言うから。あれじゃあストレスだわよ。生きている甲斐がないわよ」と言いながら、唐揚げを箸でつまんだ。

「こんなに早く死ぬとわかっていたら、ステーキでも牡蠣《かき》でも好きなだけ食べさせればよかった」

未亡人は周囲にあてつけるように言うと、唐揚げを放り込むべく大きく口を開けた。奥の金歯がきらりと光る。

「そうです、まったくそうです」

通夜女は相槌を打った。

「いつ死ぬかわからん歳になったら、いつ死んでもええように、好きに食べることですわ」

未亡人はぎょっとした顔をして、箸でつまんだ唐揚げを皿に戻した。それをかじったら死ぬ、とでも思ったようだ。娘たちは顔を見合わせ、苦笑した。

「せめておかあさんは長生きしてよね」

娘は優しく声をかけた。未亡人は目を潤ませ「おとうさんともっと一緒にいたかった」と洟《はな》をすすった。

通夜女の乱暴とも言える相槌が、遺族のぎすぎすを解かした。通夜女の技量なのか、偶然なのか、わたしにはわからない。

ひとりの人間の心には、同時に無数の思いが存在する。身内の死にしたって、後悔もあれば、解放感もあるだろう。愛情があれば心配もするし、心配し続けるのは疲れるだろうし、死んでしまえば心配しようもない。死には、悲劇も喜劇も安寧もいっしょくたに存在していて、言動に表れるのはその一片でしかないのかもしれない。

通夜女はいつの間にか席を立ち、別のテーブルで弔問客と話をしている。法話を聞かずにこんなところに来て、死者のことは何ひとつ知らないくせに、なぜ話を合わせることができるのだろう？

通夜女の極意を知りたい。

席を移動しようとしたら、「ちょっと」と声をかけられた。ケーキ屋の青年だ。彼に会うのも久しぶりだ。珍しく深刻そうな表情でホールの隅をさし、「あそこにいてくれませんか」と言う。自動販売機のあるコーナーだ。わけがわからないまま言われた通りにすると、しばらくして青年は通夜女を伴ってやってきた。

通夜女は「契約は取れたか？」などと青年に話しかけている。

「しずかに」

青年はコーナーの奥にわたしたちを移動させた。壁で遮られ、お浄めの席が見えない。せっかくお浄めの席に馴染んだところなのにと、わたしはイラついた。

「なにか御用ですか？」

青年は人差し指を自分の口に当て、「シッ」と言った。と同時に、何やらホールのほうが騒がしくなってきた。

「どいて」

青年を押しのけてホールを覗くと、いつの間にか喪服の女集団が広いホールを埋めている。遺族にお酌をしたり、皿に食べ物を取ったりして、甲斐甲斐しく弔問客の相手をし、その様はまるで高級クラブのホステスのようで、といっても、高級クラブなんて行ったことないけれど、ドラマに出てくるそういう場所のそういう人たちのようで、弔問客の中にはとまどいの表情を浮かべている人もいるし、若い女性に鼻の下をのばしているおじさんもいる。

喪服の女集団の中には例のボブヘアの長身の女もいた。

「あの集団だ。ほら、師匠の知り合いの女もあそこにいますよ」とわたしが言うと、通夜女は「知り合いなんぞおらん」と言うではないか。

「だってあの人、橘のおばあちゃんって言ってましたよね」

「違うんだ」と言ったのは青年だ。

「あの人たちは派遣会社のコンパニオンなんだ」

　自動販売機の奥に扉があって、その向こうはスタッフオンリーの給湯室になっていた。

そこでわたしと通夜女は青年から話を聞いた。

「通夜レディ？」

　ええ、と青年は頷く。

「先日、うちが契約しようとしている葬儀社の定例報告会があって、ぼくら出入り業者も出席するように言われ、行ってきたのです。葬儀件数は、おかげさまで前年度を大きく上回る予想だということでした。あ、おかげさまでと言ったのは、葬儀社で、ぼくの言葉ではありませんよ。ケーキサービスも評判は悪くないということで、まだ本契約には至りませんが、試験的にサービスを続けることを許されました」

　話が長いというか、だらだらするというか、聞いているこちらはイライラする。せっかくのお浄めの席なのに。泣きに来たのに。長話のせいで終わっちゃったらと思うと、気が急く。煽《あお》ってとっとと終わらせよう。

「それとあの集団と何がどうつながるのか話が見えませんけど」

「その場にいたんですよ。彼女たち。出入り業者として」

「出入り業者？」

「彼女たちもぼくと同じ、葬儀社にサービスの提案をしているのです」

「サービスって？」

「人数が少ない葬儀に喪服の女性を送り込んで、席を賑《にぎ》やかに演出するという」

「サクラ、ってこと？」

「まあ、そうですね。社名もサクラ・コムです、そう言えば」

青年はくすっと笑った。この人、本当に社会人なのだろうか。態度がゆるい。そもそも、よその会社の会議の内容をあかの他人のわたしたちに話してよいのだろうか。守秘義務違反ではないだろうか。こういう人が会社員として席を得ているのに、どうしてわたしには席がないのだろう？

顔が良いだけに、余計に馬鹿に見える。

わたしごときに馬鹿と思われていることも知らずに、青年は話し続ける。

「高齢化社会に伴い、葬儀件数は増えたものの、売り上げが伸びない、というのがここ十年ほど葬儀業界が頭を痛めている問題なのです。葬儀は年々簡略化する傾向で、通夜も葬儀も身内だけ、会食なしを希望する遺族が増えています。一日で済ませるために通夜を省くとか、葬儀をせずにお骨にしておしまい、という、葬儀全スルーもあります」

なるほど。死者数と葬儀数はイコールじゃないんだ！

少しは実のある話になってきた。

「通夜を行い、お浄めの席を設けたとしても、あらかじめ呼ぶ人を限定して、ひとり一膳という会食形式が今は主流です。人数の読めない大勢の弔問客に対応して大皿で料理を振る舞う形式は、結構なご身分の人、ということになります。その結構なご身分の人たちも、葬儀はシンプルでという意向が最近の流行りですので、葬儀業界は危機感を持っています。そこで、たとえ交友関係が少なく、おひとりさまで生きてきたかたでも、それなりの資産があれば、派手な葬儀が演出できる、というコンセプトを葬儀社は打ち出しているのです。気に食わない息子や孫に資産を残すよりも、最後にパッと使い切りたい、というセレブもいらっしゃいます。終活のフィナーレとしてリッチな葬儀を提案する。そのコンセプトにぴったりなのが、通夜レディースサービスです」

「通夜レディースサービス？」

「そうです。通夜レディースサービスという企画名で、これを主催しているのがコンパニオン派遣会社のサクラ・コムです」

「なるほど……」

「あのこけしみたいな髪型の人が社長の西《にし》めぐみです」と青年は言った。

ホールを見ると、西めぐみは甲斐甲斐しく酌をしている。

彼女、社長なのだ。三十代前半だろうか。あの若さで社長。美人だし、何から何まで恵まれている女。めぐみという名が運を引き寄せたのだ。

青年は話の途中で「新作です、味をみてください」と白いケーキを勧めた。直方体で飾り気のないケーキ。常識的に見れば、レアチーズケーキ。しかし、棺桶ケーキとでもネーミングされていそうだ。

「彼女はその報告会で発言することを許されていて」

青年は説明を再開した。

「今はうちと同じく試験的に無料でサービスを行っています。先日のひきこもりの遺族は家族葬が希望だったのですが、通夜レディースサービスのモニターをしてくれたら会葬費用タダ、という条件だったようです。あの時は首都高で事故があり、コンパニオンたちが乗ったマイクロバスが渋滞に巻き込まれ、到着が遅れてしまったらしいです。途中からですが席が賑わい、遺族は満足したそうです。タダなので満足するのは当たり前ですけどね」

なるほどそれで大きな式場なのに、人が少なかったんだ。お浄めの席のホールもしばらくの間わたしと通夜女と男の子だけだったし。

「将来的には遺族からの依頼で行うオプションサービスにしたい、と西めぐみは言いました。葬儀社も乗り気のようで、このサービスを機に葬儀が以前のように派手になるのではと、遺族に提案する葬儀プランのひとつに加えることを協議中だそうです。そんなこんなで、うちのケーキはすっかり通夜レディの陰に隠れてしまって」

青年には悪いけど、このケーキもごく普通の味で、あいかわらず深みがない。教えてあげたほうがいいのかな。

「でも、なんでわたしたち、こうして隠れなくちゃいけないんですか?」

「あの女社長、葬儀社にチクったんですよ。通夜に関係ないよそものが紛れ込んでいるって」

「えっ」

「葬儀社はたいへん驚いていて、そういう不審者をみかけたら、警察に突き出すから協力してくれと言われました」

「警察? 通夜に出たくらいで罪になるんですか?」

「話は香典の管理にまで及んでいました」

「香典泥棒扱いですか!」

「関係ない人間が通夜に紛れ込む動機はそれ以外に考えられないということです。無論ぼくはそうは思っていません。あなたたちは通夜女なんですからね。通夜女は縁起物ですから」

「香典泥棒じゃなくて、縁起物の通夜女だと説明してくれなかったんですか」

青年はとまどいの表情を浮かべ、しどろもどろになった。

「あくまでも……通夜女は……都市伝説でして……公式に認知されてはいないし……知らない人間がほとんどですし……それに……すみません、こちらは参入を狙っている微妙な時で」

それは……そうだ。彼はケーキの営業マンで、下手にかばったら、一味と思われて、ケーキを置かせてもらえなくなるかもしれない。こうして教えてくれただけでも、感謝しなくてはいけない。

さきほどから通夜女は気味が悪いほど黙っている。

「師匠はあの社長と知り合いなんでしょう？　わたしたちは香典泥棒ではない、通夜女だとあの女に説明してくださいよ」

無言を貫く通夜女の代わりに青年が答えた。

「カマをかけたんですよ、西めぐみは。知り合いのふりをして」

「だって師匠もふつうにしゃべってたじゃないですか」

「橘なんて知らん」と通夜女は吐き捨てるように言った。

「通夜の席では誰とでも話を合わせる。それが通夜女の流儀なのだ」

呆れた。

西めぐみは適当に思いついた苗字で彼女に声をかけたのだ。橘のおばあちゃんなんて、存在しないのだ。

「カマをかけられて、話を合わせちゃったんですか」

「だからどうした」

開き直ってる。罠《わな》にはまったくせに。

「遺族とは関係ないヨソモノだと証明しちゃったんですよ。わたしも仲間だと思われてる。今度見つかったら通報されちゃうじゃないですか！」

腹立たしい。

「危機管理皆無です！」

「通夜女さんを責めるのはやめましょう」

ヒートアップするわたしを青年は窘めた。

「サクラ・コムのやり方がぼくには許せないんです。売り込むのなら、自分たちの良さをアピールすればいいのに。商売の邪魔になるものはすべて排除しようとしてるんですよ。葬儀の場を作り上げるという意味では、通夜女は競合他社です。しかも通夜女は無償。ボランティアです。いては困るんですよ。ぼくらにも攻撃してきますよ。葬儀場にケーキというのはおかしい、サンドイッチにしてはと進言しています。パン屋の手配は自分たちで行い、仲介料をせしめる魂胆です。サービスを独占したいのです」

わたしは悶々《もんもん》とした。やっと見つけた居場所を奪われそうで、文句のひとつも言いたかったけれど、言葉が見つからない。

通夜レディは商売。ケーキ屋も商売。わたしは趣味だ。仕事と趣味ではあきらかに分が悪い。排除されてもしかたのない存在なのかもしれない。

そもそも通夜女って、ボランティアだろうか。

少なくともわたしには奉仕の精神はない。

通夜女は黙々とケーキを食べている。ふたつめだ。食べに来ているようにも見える。この人はどうして通夜女をやっているのだろう。

青年は微笑んだ。

「おふたりが食べてくださるから助かります。最初は躊躇《ちゅうちょ》されていた方たちも手を伸ばしやすくなって」

「うまいものはうまい」と通夜女は微笑んだ。

恐る恐る尋ねた。

「このデザイン、棺桶ですか？」

「良かった。わかりますか？　あまりそっくりでもグロテスクなので、このあたりにとどめたんです。棺桶ケーキの次は何がいいかなあ。木魚は失敗したので、お位牌《いはい》クッキーとかどうですかね。会葬返礼品として」

骨壺プリンは不きんしん、とメモしたくせに、反省が生かされてない。やはり馬鹿なのかしら。惜しいなぁ。顔がいいのに。

「商売に抵抗感ありませんか？」

皮肉をこめて尋ねた。青年は虚をつかれた顔をして、言葉を返してこない。

「悲しんだって死者は帰らん」と通夜女は言った。

「生きている人間が少しでも幸せになれればそれでよいのだ」

だとしたら、通夜は生きている人間が幸せになるためのセレモニー？　わたしのこの幸福感はあってよいものなのだろうか。

口の周りを茶色く染めて木魚ケーキを食べていた男の子の顔が浮かんだ。うれしそうだった。

わたしはバッグから折り紙を出して、折り始めた。小ぶりの折り紙を丁寧に折ってゆく。ふたりとも黙ってわたしの指先を見ている。

男の子はあれから一度も見ない。今度会ったら折ってあげようと、バッグに入れてあるのだ。折って見せながら、男の子から話を聞き出し、ことと次第によっては、警察へ届けたほうがよいだろう。通夜の趣味がばれないように、うまく話せるだろうか。

鶴が折り上がった。

誰でも折ることができるノーマルな折り鶴をこれ以上ないほどの完璧な形に仕上げた。完成形があるからこそ、百点だと満足できる。新しいものを生み出そうとしたら、完成がない。満足がない。どこまで工夫したら到達点と言えるのか、先が見えない苦労を重ねることになる。

だからわたしは発明しない。約束された成功で満足する。

「おみごと」と通夜女はつぶやき、立ち上がると、給湯室を出て行った。西めぐみに見つかったらたいへんだ。そっとホールを覗いてみたが、多くの弔問客に紛れてしまい、通夜女の姿は消えてしまった。

香の煙のように。

なま土下座

通夜レディの存在が障壁となった。

わたしがよく行く三つの葬儀場すべてに彼女たちは現れるようになった。ただいま無料キャンペーン中ということで、利用者が多いようだ。レディは通夜式から参加してお浄めの席を盛り上げる。いつ、どの式に現れるか事前予測は不可能だ。

通夜女を見つけたら葬儀場に通報するだろう。老婆とわたしはどちらも顔が割れている。サクラ・コム社外秘として、ふたりの似顔絵が配られているかもしれない。

七歳のあの日、待ちに待った自転車が届いて、「やったー」と喜んでいたら、乗る前にトキばあに壊された。かつての「なにも今ここで」的な悔しさというか、恨みというか、無念にも似て、胸がざわつく。

全世界に告ぐ。

わたしのささやかな喜びを取り上げないでくれ！

こんなことで通夜通いをあきらめてなるものかと思う。一年と三ヶ月、何もする気になれなかったわたしがやっと見つけたオアシスだ。放火はしないし、人を刺したりしない。通夜見学くらいさせてくれ。

そこでわたしは考えた。じたばたとあれこれ考えた。

結論として、片道二時間かかる千葉の葬儀場に足を延ばすことにした。

「たぶんここまではくるまい」という、大雑把な考えからであった。

途中、電車を乗り間違えて、急行で遠くまで連れて行かれてしまい、各駅で戻ろうとしたら、えらく時間がかかってしまった。

目指す葬儀場の最寄り駅に着いた時はすでに日が暮れようとしていて、そこから葬儀場まではバスで二十分かかるのだけれど、時刻表を見ると次のバスが一時間もないではないか。ここまできてあきらめるのも癪《しゃく》だからとタクシーを使ったら、結構な料金になってしまい、やっと葬儀場に着いたら、思ったよりもこぢんまりとした施設で、通夜式はたったの一件しかなく、しかも……なんと……終わってしまっていた。お浄めの席を覗くと、ひとり一膳の形式のようで、紛れ込むのは不可能。とことん残念な結果となってしまった。

厄日だ。

喉が渇いたので施設内にある小さな喫茶店に入ろうとしたら、「申し訳ございません！」

と大きな声が聞こえてきた。

お浄め の席が設けられた食堂のほうからである。声に聞き覚えがあり、「まさか」という思いで、走った。

食堂の入り口の扉が開いていて、廊下から中の様子が見える。

三十人ほどの席で、小学生くらいの女の子がひとり、しきりに目をこすっていて、そばにいる母親らしき女が「どういうつもりよ？」ときつくなじるように言った。女の子にではなく、立っているケーキ屋の青年にである。あの、青年である。

やはりさっきの声は彼だったのだ。女の子の前にはフルーツたっぷりのロールケーキがある。青年は青ざめ、うなだれている。あんな顔、するんだ。ごめんなさいを全身で体現した姿だ。

「責任者を呼んでちょうだいっ」と女は叫んだ。

場は静まり返り、気まずい空気が漂っている。

青年は女よりも大きな声で叫んだ。

「まことに、まことに申し訳ございませんでした！」

突如、がばっと床に手をつくと、勢い良く頭を振り下ろした。パン、と額が床に叩きつけられる音がした。

なんじゃー？

これって、これって、ど、ど、土下座じゃないか！

ドラマで見たことはあるけど。正真正銘、なま土下座。

腰が抜けるほどショックを受けた。

同時に、「頭蓋骨、割れたんじゃなかろうか」と不安になった。

女はいまいましそうに、「もし口に入れていたら医療費どころじゃすみませんよ」と、青年の後頭部を上から踏みつけるような言い方をした。

青年は床に額を付けたまま、じっとしている。

恥ずかしい。

公衆の面前で裸踊りをしている、くらいに、見ていて恥ずかしい光景だ。なぜだか自分が辱められたような気がして、逃げるようにその場を離れた。

惨めだ。

いくらなんでも土下座をするなんて、どうかしている。彼、プライドはないのだろうか。格好悪過ぎる。そんな姿は見たくない。ああ、なんて嫌な日なんだ。うんざりだ。とっとと帰ろう。

表に出ると、外はすっかり暗くなっていた。敷地内の駐車場には照度の低い街灯が一本あって、その下にバス停が見えた。ひとけがなくて、幽霊でも出そうな雰囲気である。だけど、怖くはなかった。なま土下座の光景ほど怖いものなんてないもの。

バス停に近づき、時刻表を見たら、もう一台もない。とことんついてない。駐車場にはマイクロバスが一台ある。お浄めを終えた人々を送るためだろう。タクシーを呼ぶしかないけれど、なんだか考えることに疲れてしまった。バス停のささくれだったベンチに座って空を見上げると、辺りが暗いせいか、星がいつもよりたくさん見えた。吸い込まれそうな星空。星が綺麗だからといって、うれしくもない。

今日はひとつもいいことがない。

電車を乗り間違えたあたりからドミノ倒しのように嫌なことばかり。またタクシーを使ったら、どれだけお金を使っちゃうことになる？　趣味の経費にしてはかかり過ぎる。青年の土下座と重なり、自分が惨めになった。彼は負け犬。わたしも同類。

どのくらいぼんやりしていただろう、十分のようにも、三十分のようにも思えた。わたしは勢いよく立ち上がり、腕を振り回し、首を左右に振り、腰も振り、しまいには、四股を踏んだ。

おはおは、ようよう、おは、ようよう！

闇の中、小声で歌いながら、女子校伝統のおはよう体操をやった。ひとりまじめに、力いっぱいやってみた。元気を絞り出そうとしたわけである。そして事実、元気が出たのだ。血の巡りってメンタルに効果絶大。体操をし終える頃には、「駅まで走ってやろうじゃん」と思えた。その時だ。

ププッと遠慮がちなクラクションの音が聞こえた。白い小型のワゴン車がこちらに近づいてきて、運転席の窓が開き、「通夜女さんじゃないですか」と声を掛けられた。大股を開いたまま「ふぁい」と返事をした。

土下座青年の運転で最寄り駅まで送ってもらうことになった。

ニコニコケーキランドという社名入りの車だ。青年は何事もなかったかのように、すっきりとした表情で前を見ながら、「これから飯なんです。戻って後片付けを手伝うので、東京までは送れませんが」と言う。額は無事なのだろうか。

わたしがどうしてバス停のベンチにいたのか、なぜ踊っていたのかなどはいっさい聞いてこない。そう、あの体操は知らない人から見たら踊りに見える。ダンスではなく、よさこい、みたいな。

そう言えばこの人、以前からあまり質問をしない。だからかな、一緒にいて楽だ。

「このあたりにおいしいお店があるんですか」

「さあ、よく知りません」

「だってこれからご飯を食べるって」

「出入り業者がお得意様の施設内で飯を食うわけにもいかないので、いつもコンビニで弁当買って、車の中で食べるんです」

土下座した上にコンビニ弁当。この人、惨めな気持ちにならないのだろうか。わたしが黙っていると、青年が話をつないだ。

「キウイアレルギーってご存知ですか？」

「え？」

「ぼくは知りませんでした。小麦粉や卵のアレルギーには配慮しているのですが、フルーツにもアレルギーを持ってらっしゃるかたがいるんですね。日々是勉強です」

そうか。さっきの女の子、キウイアレルギーで、その子にフルーツケーキを勧めてしまったのだ。喪主の家族ならいざ知らず、弔問客すべてのアレルギーに気を配ることは難しい。それでも怒られたら、謝るしかないのだろうか。

バス停で見た星空の美しさと地上の不条理のギャップが胸にしみる。

「お仕事、たいへんですか？」

「それはまあ仕事ですから」と青年は言った。

妙なことを聞かれたという、とまどいが伝わってくる。仕事大好き人間なのだろうか。

「第一志望の会社だったんですか？」

「え？」

「今の会社、一番入りたかった会社なんですか？　だから頑張っているのですか？」

青年は質問の意図がわからないのか、返事に困っているようだ。質問を変えてみよう。

「就職活動、どうやって乗り越えたんですか？」

「就職活動は経験ないというか」

「ひょっとしてコネ入社？」

「ぼくにはそんなたいそうなものはありませんよ」

「どうやって今の会社に入ったんですか？」

「マラソン大会で優勝したんです」

え？　どういうこと？

「あなた、体育会系なんですか？　国体選手とか？」

「町内会のマラソン大会です。ぼく、中学生の頃から新聞配達のバイトをやっていて、卒業してそのまま新聞販売所の正社員にしてもらったんです」

「新聞配達？」

「紙の新聞を人のうちに届ける仕事です」

「それは知ってますけど。卒業してって、高校を？」

「中学です」

え？

「いじめにあったとか？　あなた、不登校？」

「いえいえ、中学では毎年皆勤賞でしたよ。新聞配達のおかげで体が丈夫でした。新聞販売所の親父さんは優しかったし、正社員になると住み込み賄《まかな》いつきだったので、おかみさんにもよくしてもらいました。食事も家庭料理で、なにもかもが新鮮でしたし、空き時間には新聞を読まされて、勉強になりました」

家庭料理が新鮮、と言った。たしかに言った。親がいないのだろうか。それとも親がいたのに、家庭料理を知らなかったのだろうか。

「正社員になってから二年ほど新聞販売所で働いていたのですが、親父さんの勧めで町内会のマラソン大会に出たら優勝したんです」

話がそこに戻った。そうつながるのか。

「ニコニコケーキランドの社長も同じ町内会で、やはりマラソン大会に出場していて、体力のある若者を社員にしたいと、新聞販売所の親父さんに頼み込んでくださり、十七歳の時に今の会社に入ることになりました」

「………」相槌が打てない。

同じ車で同じ空気を吸っている隣の青年が、全く別ルートの人生を送ってきたことに、虚をつかれた。高校へ行かなかった理由はわからない。聞けば何でも答えてくれる、そんな気もしたが、理由以前に驚きがあった。彼には鬱屈がない。翳《かげ》りがない。そのことがわたしを驚かせていた。「なぜ高校に行かなかったの？」という質問は、おそらく彼をとまどわせる。「なぜ高校に行ったの？」と聞かれてわたしがとまどうのと同じだ。

「新聞配達と今の仕事とどちらが好きですか？」

「好き？　さあ……」

青年は仕事を好き嫌いで考えたことがないようだ。

「親身になってくれた配達所の親父さんとケーキランドの社長が話し合って決めたことで、ぼくは勧められるままに転職したんです。住み込み賄いつきではなくなりましたが、独身寮がある会社で、給料は少し上がりました。その上、なんと」

青年は前を見ながら微笑み、もったいぶった口調で言った。

「ボーナスも出ます」

ボーナスって普通出るものでしょう？

こちらのとまどいをよそに、青年はほがらかに言う。

「とにかく自分にできることを精一杯やるだけです」

ぐさりときた。

文具メーカーの面接で自分が言った言葉が蘇る。

「与えられた仕事を精一杯がんばりたいと思っています」

自分の言葉と青年の言葉が重なった。

前を見つめる青年の横顔はくそつまらんほどまっとうだ。

わたしはあの時どういう顔をして同じ言葉を口にしたのだろう。どれほどの覚悟があってそう言ったのか。「与えられた仕事を精一杯がんばる」ことが、どういうことか、わたしはわかっていたのだろうか。そして、やれたのだろうか。

彼の土下座姿を思い起こす。とことん惨めに見えた姿が、今は違って見える。良いとか悪いとかを超えた、強さとしぶとさ。生命力、と言えばよいのか。人と比べることのない、自分の人生。毎朝目を覚ませばそこにある一日。働いて食べて寝る。生きることの基本が彼の中に詰まっているような気がした。

ミスター・健全。

健全って、つまらないものだと思っていた。さっきまでは。

むしろ希少なものかもしれない。

彼は負け犬なんかじゃない。わたしと同類ではないのだ。

運転はおだやかで確かだった。駅前で降ろしてもらい、お礼を言って別れた。最後まで青年はわたしに質問をしなかった。配慮なのだろうか、興味がないのだろうか。

そのどちらもかもしれない。

ポケットティッシュ

千葉の一件のあと、都内の小さな葬儀場に行ってみたけれど、通夜を以前のように楽しむことはできなくなっていた。香とお経は心地よいのだが、焼香の順番がまわって来ると、バレるかしら、チクられるかしらとひやひやして、ささっと済ませて逃げるように帰る、というふうに、どうしてもなってしまうのだ。

小さな式場にだって、通夜レディがいるかもしれない。ふたりとか三人とかの単位で送り込んでくるかもしれない。弔問客になりすましてくるので、見分けがつかない。喪主ですら通夜レディじゃないかと疑ってしまう。実際にいてもいなくても、こちらの不安は変わらない。

通夜女がいれば組んで乗り越えられるのだが、あれから彼女には会えていない。

ひさしぶりに民営最大手の飛合斎場を訪れた。

広くて清潔感があり、たたずまいが好きだ。門をくぐった途端、駐車場にサクラ・コムのマイクロバスが停まっているのが見えた。こうはっきりと存在をアピールされると、はいそうですかと納得するしかない。

　エントランスに入らずに撤退。

　こういう日は本屋へ行くに限る。本屋へ行って、本を買って、カフェで読書だ。

　飛合斎場から十五分ほど歩いた住宅街に、ぽつんと中規模の本屋があり、何度か利用している。本の販売だけではなく、宅配便やクリーニングの取次もやっており、店内は明るく、客もそこそこいるので入りやすい。

　今日は字が詰まっている本を読む気がしない。コミックコーナーでうろうろしていると、目の前をすーっと駆けてゆく小さな姿があった。スポーツ雑誌のコーナーにたどり着くと、背伸びをして、何かを探しているようだ。

　あの子だ。

　通夜女の袂からこちらを覗いていた男の子。お寿司を無茶食いして、「ウンチケーキ」をおいしそうに食べていた子だ。

　あれから見ないので、座敷わらしのように思えていた。飛合斎場で見送られた子の霊のように思えていた。通夜女もそうで、霊というか、仏のようなものだったのではと感じ始めていた。

実在している。しかもひとりのようである。

やっかいだな、と思った。実在するなら、あの晩どうしてあそこにいたのか、なぜお腹を空かせていたのか、尋ねるべきである。通夜で会ったら確認するつもりだったが、本屋でなんて、想定外だ。

見ないふりをしたい気持ちもあるけれど……うーん。声をかけないで帰ると、もやもやした気持ちが残りそう。

やってみるか。

子どもの頃、モンシロチョウを捕まえるときにそうしたように、そっと音もなく男の子に近づいてみた。逃げてくれたら関わらなくて済む、という気持ちもどこかにあった。

名前を知らないから、「ぼく？」と優しげな声で話しかけた。こんな声を出せるんだと自分でびっくり。おとなの声だ。わたしのようなへっぽこ人間でも、おとなの声を出せてしまうのだ。

男の子はわたしを見上げた。きょとんとした瞳。やはりあの子だ。わたしはおとな。この子よりおとななのだ。がんばれ、わたし。

「こんにちは」

「…………」

「わたしよ。お通夜で会ったでしょう？」

男の子は反応しない。ケーキ屋にも忘れられていた。わたしこそ葬儀場の霊かも、なあんて、不安になる。

男の子はぼそっとした声で問い返してきた。

「おやつ？」

「お通夜よ、お通夜。知らないか。えーと、ほら、一緒に死んだお寿司食べたでしょう？　くるくる回らないやつ。ウンチ、そうそう、ウンチケーキも食べたよね」

男の子の表情はぱっと明るくなった。

「あのときの……おばちゃん？」

ウンチで思い出してくれたようだ。

「どんな本を探してるの？」

「大相撲ジャーナル」

「お相撲、好きねえ」

探してあげた。売れ筋なのだろう、三冊もあった。男の子の手では届かないラックにあったので、取ってあげた。うれしそうに読み始めた。買うのではなく、立ち読みするようだ。本屋が気の毒になる。

さて、肝心なことを聞く前にフレンドリーになっておかなくちゃ。

「どの力士が好きなの？」

男の子はポケットから折りたたんだ紙を出し、大切そうに広げて見せてくれた。年季の入った番付表で、黄ばんでいるし、皺だらけだ。相撲に興味のないわたしですら「この人とっくに引退したじゃん」とわかる名前を西の横綱の欄に見つけた。

「これっていつのもの？」と尋ねると、男の子は自信たっぷりに言った。

「いつもの」

冗談を言っているわけではなく、そういうものと思っているようだ。諸行無常を知らない年齢なんだ。幸せだねえ。笑えるが、ちっちゃくても男。プライドを傷つけてはいけない。

「へえー、そうなの」と大げさに感心してみせると、男の子は「次は朝青龍《あさしょうりゅう》ぜったい優勝するぜ」といっぱしの口をきいた。

朝青龍はとっくに引退して故郷のモンゴルで政治家をやっている。

この子、相撲が好きなくせに、リアルタイムで観ていないのかな。おとうさんやおじいちゃんの影響だろうか。

男の子は大相撲ジャーナルに見入っている。そろそろ肝心なことを聞いてみよう。

「あの、あのさ」

男の子は雑誌から目を離さない。

「君、おかあさんは？」

「ママはあそこ！」

男の子は力強く指をさした。見ると、出入り口の付近にほっそりとした女性が立っている。児童書コーナーで熱心に低学年用ドリルを開いては戻している。

「あの人が君のおかあさん？」

「ぼくのママ！」男の子は誇らしげである。

なんと……まあ。

拍子抜けであった。その女性は三十代後半くらいに見え、肩くらいのまっすぐな黒い髪、化粧を品良くほどこして、白いブラウスにベージュのタイトスカート。コンサバ系。わたしが通った女子校の保護者によくいるタイプの落ち着いたたたずまいだ。ドリルを選んでいるようだし、子どもの教育に熱心なわけだし、なんというか、心配したわたしが……。

「バッカみたい」つい声に出てしまった。

ともあれ、ほっとした。

ほっとしたら、折り紙をバッグにしのばせていることに気づいた。

「ほら！」と言って薄桃色の折り紙を見せると、男の子は興味深そうな目をした。チャンスとばかりに、目の前でパパパッと折って見せた。得意な空中折りだ。男の子は口をあんぐりと開けて、わたしの手先に見とれている。

力士ができあがった。初心者向けのオーソドックスな折り方だ。最後にペンで顔とマワシを描いて男の子に渡すと、「すげえ、朝青龍じゃん！」と男の子は寄り目になった。

「おばちゃん、すげーなあ。ほんとすげえ」

男の子は心底感心した、というふうにつぶやくと、雑誌を放り出し、力士を持ってママのところへ走って行った。

やった。大相撲ジャーナルに勝った。

わたしは雑誌をラックに戻すと、そっと本屋を出た。ガラス越しに、ママとうれしそうにしゃべっている男の子が見えた。

街をぶらついた。秋風が心地よい。

通夜には出られなかったけれど、気分が良かった。たったひとりの男の子にだけれど、「すげえ」と言われた自分に満足していた。

折り紙を折る、ということがわたしにはできる。練習すれば誰にでもできることだけれど、それがちゃんとできた。鶴よりも簡単な折り方だが、できている、ということに、わたしは満足することができた。

わたしにしかできないことでなくていい、そんなことひとつもなくていい、誰にでもできることのひとつをわたしができた、それでいい。

ポジティブなあきらめの気持ちがすとんとお腹に落ちた。

今までわたしはあきらめきれずにいたんだ。

夢や目標に向かって突き進む若者。弟の小太郎のような人間に憧れがあった。かっこいいと思う。負けてると思う。でも自分にはなれそうにない。

だって、やりたいことがないんだ。あの文具メーカーの面接で言った「与えられた仕事を精一杯やりたい」は本音なのだ。

なんでもやります、と言えるのは、やりたいことがない人間だからなんだ。

「話にならない」と言われたのは、やりたいことがない人間は要らない、ということなんだ。失言ではなく、本質を見抜かれて落ちたんだ。落ちるべくして落ちたのだ。

なんでもやりますと言うくせに、土下座はできない。たかだかそれくらいの「やります」なのだ。底が浅いのだ。わたしは自分の格に合った扱いを社会から受けているのだ。不条理ではなく、条理なのだ。

あきらめると妙にすがすがしい。

街の様子もよいのだ。静かな住宅街で、歩道は広いし、高級品を扱うスーパーがあったり、こぢんまりとした公園がいくつもある。日が落ちても街灯が煌々《こうこう》とし、歩くのに不安はない。あの親子はきっとこのあたりで暮らしているのだろう。子育てしやすい環境のようだ。公園はよく整備されている。ここは葬儀場のある街だが、暗さは微塵《みじん》もない。

葬儀場や墓地を作る時って、住民の反対運動が起こると聞いたことがある。うちの近くに産科の専門病院ができた時はみな喜んでいた。出産は歓迎されるのに、死はどうしてこうも嫌われるのか。生と死はセットで人に与えられるものなのに。

結構な距離を歩いた。

緑の多い広そうな公園の入り口に差し掛かった。ベンチがあったらちょっとだけ休んで行こうと思い、小道を入ろうとすると、中学生くらいの男子とぶつかりそうになった。男子は三人で、「きったねえなあ」「東公園に行こうぜ」とぶつくさ言いながら急ぎ足で出てきた。部活帰りのようで、スポーツバッグをかついで、手には棒アイスを持っている。

公園を覗いてみると、まずは鳩が目にはいった。古い木製のベンチの周囲に鳩がたくさんいて、地面をつついている。ベンチには煮しめたような色をした布の大きな塊が置いてあった。その隣には大きな紙袋がみっつ並んでいる。

粗大ゴミ？

さっきの「きったねえなあ」は、粗大ゴミのことを言っていた？

布の塊が左右に揺れた。

日はすっかり暮れており、街灯の位置から離れているので薄暗く、はっきりとは見えないが、布の塊は人のようだ。頭から大きな布をかぶっており、こちらに見えているのは後ろ姿で、その人は鳩にパンくずを放っている。放りながら時たま自分でも食べているようだ。

ホームレス、という言葉が浮かぶ。

都心では再開発が進んですっかり見なくなったけれど、こんな住宅街に流れてきたのだ。職を失ったおじさん？　おじいさんだろうか？

三つの大きな紙袋は彼の全財産なのだろう。おやじ狩りされなければいいけれど。さっきの中学生男子たちの冷淡さには胸が締め付けられる。

あのくらいの年齢って、わたしも身に覚えがあるけど、汚いもの、みすぼらしいものが、大っ嫌いなんだ。

若いということは、将来があって可能性に満ちていて、過ぎてしまえばキラキラした思い出に変わるけれど、当人たちは不安でいっぱいなのだ。この先どこまで負けが込むかわからない、どこまで落ちるかわからない恐怖があって、失敗例に近づきたくないと、本能的に思ってしまうのだ。

ホームレスは若い彼らにとって負けた人の象徴なのだろう。

ベンチにいる人は、布のシルエットから、背中の丸さが見て取れる。左右に揺れるように動くけれど、動いていなければ、ゴミに見える。

みじめで、汚い。

でも今のわたしはあの人を「きったねえなあ」とは言えない。

数十年後の自分の姿に思えてしまう。家族を失い、家を失い、気がついたらああなってしまうのって、ほんのちょっとしたきっかけではないだろうか。大きな失敗ではなくて、ちょっとが少しずつ積み重なってのことではないだろうか。誰だってあちらへ行く可能性があるのではないだろうか。

折り紙で気を良くしたのに、すっかり滅入った。

帰ろう。

電車に乗り、つり革につかまると、窓ガラスに自分の姿が映っていて、ぎょっとした。顎が出て猫背になっている。まるで老人。

あわてて背筋を伸ばす。

ベンチの人。ああいう人が死ぬと、葬儀はどうなるのだろうか。無縁仏として警察が火葬の段取りをするのかしら。その時、お坊さんがお経をあげたりとかもするのだろうか。死体が十字架のネックレスをしていたら、牧師を呼んで、アーメンって十字を切ってもらうのだろうか。

焼いて、骨にして、いったいその骨はどこに保管されるのだろう？

ホームレスの死もこの国の死者数に数えられるはずだ。やはり死者数イコール葬儀数ではないのだ。簡略化されたとはいえ、葬儀をしてもらえるのは、「まあまあの人生だった」ということだろうか。トキばあなんて、七回忌だのなんだの、死んだあとも大人たちがなんやかんややっていた。それって「まあまあの中でもかなり上」なのかもしれない。

自宅最寄り駅に着いた。

ホームに降りると、喉がイガイガしているのに気付き、駅構内の売店でのど飴《あめ》を買うことにした。サッと買おうと思ったのに、そうもいかない。いやーもう、のど飴ってやたらと種類が多くて迷ってしまう。日本はのど飴の種類の多さにおいて世界一かもしれない。自動車なんぞで大国に対抗せず、のど飴やら折り紙やらの隙間産業で世界にのしていくほうが、いいんじゃない？　などと、話す相手もいないので脳内ひとり会話をしながら「はちみつれもんゆず」という、よくばりなネーミングの飴を手に取った。

もうひとり客がいた。

電車が来るのを気にしながら、商品をさわっている女性がいる。顔は見えない。

店員に「百十円です」と言われたので、百五十円を渡してお釣りを待っていると、その客の手が店の軒にぶら下がっているポケットティッシュに伸びた。ティッシュをつかんだその手は上から下へすーっと降りて行き、その人のジャケットのポケットにするりと入った。

え？　ティッシュ持ったままだったよね。

お金、払ってないよね。

これって……これって……万引き？

中学生の頃、部活帰りに公園を通ったら、いちゃついているカップルにばったり遭遇してしまい、衝撃を受けたことがある。見ちゃいけないものを見ちゃったって感じ。あの時と同じ衝撃が全身を貫く。

「お客様」

店員の声にハッとした。同じくハッとした手の人はこちらを振り返った。パチッと音がするみたいに、目と目が合った。

「う」と妙な声がわたしの喉から出る。

店員はわたしに釣り銭を差し出している。万引きには気づいてないようだ。わたしは黙って受け取り、その場を離れた。

改札へ向かう。万引き犯はわたしのあとを付いてくる。こちらが急ぐとあちらも速度を上げる。あきらかに追いかけてくる。わたしは逃げる。目撃したわたしが逃げている。嫌だ。来ないで！

これ以上急ぎ足になると、走ることになる。

観念して、足を止めた。

彼女はわたしの前に回り込んで立ち、「小夜子だよね」と言った。

犯人のくせに、刑事みたいな口ぶりだ。テレビドラマの、腐るほどよくあるシーン。こちらはまるで犯人のように顔がこわばってしまう。顎が痛いくらい、歯をくいしばっている。体じゅうのエネルギーを集めて、できるだけ何ごともなかったような顔を作ろうとした。できたかな、わからない。

「ひさしぶり」と言ってみた。

わたしの声はこれ以上ないくらい棒読みだった。

「レモンサワーと焼き鳥の盛り合わせ。タレじゃなくて塩がいいな」

赤井理香子の声ははずんでいる。

「さっちゃんも塩でいい？　あと、ほっけ、さつま揚げ、焼うどん、大根サラダ、それと……アジのたたき……もろきゅう、モツ煮」

「以上で」

わたしが「。」を打たないと、メニューを全制覇しそうだ。

駅前の居酒屋の個室で、なぜだか幼なじみの赤井理香子と差し向かいで飲むはめになった。誘ったのは理香子のほう。ふたりで改札を出て、目についた店に入った。新しいお店なのだろうか、内装が綺麗だ。女性向けの居酒屋という感じ。

平日の午後八時を回ったところ。わたしたちが入店したら満席になった。隣の広めの個室には還暦をとっくに過ぎたらしき女性たちが五、六人集まっている。個室といっても低い仕切りがあるだけなので、音は筒抜け。かしましい。

理香子はずいぶんと痩せていた。子どもの頃は母親似の丸顔でむっちりした体型だったのに、余計なものが削《そ》ぎ落とされて、すっきりとしている。綺麗になった。べっこうフレームの眼鏡をしている。イギリスの名門大学名が頭にちらつき、ものすごく知的に見える。もう昔の彼女ではない。オックスフォードという有名ブランドのタグが付いた女である。

服はあっさりとした白いシャツに明るい色のジーンズ。小さな革製のポシェットひとつ。いかにも里帰り中っぽい気楽な服装だ。いつから帰ってきているのだろう。

彼女と口をきくのは何年ぶりだろうか。

小学生の時は毎朝一緒に学校に通った。クラスが変わっても、朝の登校はふたりで、というのが習慣だった。はたから見れば親友に見えただろうけれど、わたしと彼女の間にそのような感覚はない。いとこみたいな感じかな。選んで一緒にいたわけではなく、近所だったからだ。いつも近くにいた。同学年だったし、それだけだ。

好きか嫌いか、と言えば、わたしは彼女を嫌いではなかった。好きというより、楽だった。理香子はどう思っているかわからないけれど。

隣にいても心の奥に踏み込んでこないし、小学生女子にありがちな「あの子とどこへ行ったの？」という類の、くだらぬヤキモチはやかないし、「遠足の班は一緒ね」とか、そういうくっつきたがりでもない。

住む家が近すぎて離れようにも離れられないことが、そういう微妙な距離感を生んでいたのかもしれない。

ふたりともクラスで目立つほうではなく、地味な存在だった。本が好きで、服よりも文房具に興味があるところは似ていた。

似ているけれど同じではない。

理香子はわたしよりも計画性があり、行動的だった。受験をすると決めて塾に通い始めたのも理香子だ。おばさんの差し金ではない、ってことは、わたしにはわかる。おばさんはあの時も「あの子私立に行きたいっていうのよ。近くに公立があるのになんでだろ」とうちのリビングでこぼしていたもの。

わたしはそれを聞いてあせって、同じ塾へ通うことにした。理香子はわたしを誘わなかったけれど、拒みもしなかった。塾の行き帰りも一緒だった。

受験当日も合格発表もふたりで行った。わたしは彼女が受かると信じていたので、自分が落ちることだけを恐れていた。わたしが合格すれば、一緒に通えると思い込んでいた。わたしの番号があったので、ほっとして理香子を見ると、彼女は「落ちた」とつぶやいた。

その時のわたしはというと、当てがはずれたというか、一緒に通えないじゃんという失望と、落ちたのがわたしじゃなくて良かった、彼女で良かった、とほっとする気持ちがあった。案外自分のほうができるんだな、と、思わぬ発見というか、優越感もあった。一緒に通いたいから私立に行くのをやめるという選択肢はなかった。自分はこれから明るいほうへ歩いてゆくのだと思った。明るくてあたたかい光のようなものを感じていた。

その帰り道、微妙な空気の中、ふたりで歩いていると、「たこ焼き食べたい」と彼女が言った。その言葉に救われたような気持ちになって、近所の商店街に寄った。たこ焼きをひと皿買ってベンチで並んで食べた。

「なんか、楽しそうだよね」

大人の理香子がつぶやいた。もうレモンサワーは到着していて、料理を待っている時だった。

隣の集団からたびたび爆笑が聞こえてきて、うるさいと感じていた。同じ音を聞いて理香子は「楽しそう」と言う。彼女がそう言うと、そう思えてくるから不思議だ。

「同窓会かなあ」と言うと、理香子は首を横に振った。

「子どもの学校がらみの仲間みたいよ。小学校でPTA活動していて、それから友だちになって、時々旅行とかもしているみたい。ねえ、すごくない？　今、六十五歳だとして、出会ったのが三十五だとすると、三十年の付き合いになるってことだよ」

「そこまで推理できるの？　シャーロック・ホームズみたい」

「だって聞こえてくるじゃない、あの時あなたこうしたわよ、こう言ったじゃないって。ひとり耳が遠い人がいるんでしょ、大きな声で、まるでわたしたちに説明してくれてるのかな、ってくらいに」

「そうだっけ」

「聞こえてないの？　何考えていたのよ、さっちゃんは」

あなたが受験に失敗した時のことを思い出していた、とは言えない。

料理が次々と運ばれてきた。テーブルに載らないくらいたくさん。あたたかいものはあたたかく、冷たいものはちゃんと冷たく。おいしそう。それにしても多くない？

「誰が食べるのよ、こんなに」と言ったら、「さっちゃん大食いじゃなかった？」と理香子は笑った。

わたしのこと、覚えてくれているんだ。住む世界が違うエリートなのに。

理香子の椅子の背もたれには薄手の紺色のジャケットがかけられていて、そのポケットには例のポケットティッシュが入っているはずだ。そのことには触れずにいた。踏み込まないのはふたりの間の暗黙のルールだから。

「ここ、よく来るの？」と理香子はサワーのおかわりをしながら言う。

「初めてだよ」

「そっかそっか。自宅最寄りの駅で飲むっていうのは、あんまりないよね」

就職に失敗してひきこもっているなんて、思いも寄らないだろう。わたしが通夜を趣味にしていると話したら、どう反応するだろう？　「なんか、楽しそうだよね」って言うかな。理香子の目を通したら、わたしのクズ人生も違った見方ができるような気がする。

理香子は肌が浅黒い。褐色の指でサワーのジョッキを握りしめ、おいしそうに飲む。この指は十二年前、たこ焼きをつまんでいた。敗北の味がしただろう。なのに今はわたしが行ったこともない国で、異言語をしゃべる人たちに交じってペンを握っているんだ。

「久々に帰国？　秋って向こうはお休みなの？」

理香子は質問には答えず、「誰か死んだの？」と言った。

わたしは口いっぱいにほおばったつくねを飲み込むと、「日本では今、黒が流行っているんだよ」と冗談ぽく言った。

理香子はそれ以上喪服については聞いてこなかった。職業のことも、生活のことも聞いてこない。こちらが言いたくない領域には踏み込まない。子どもの頃と変わらない。わたしもティッシュのことは忘れよう。理香子が話したいことだけを話そう。

「すごいよね。オックスフォードなんて。何を専攻しているの？」

理香子の目がしばたたいた。まぶたがぴく、ぴく、と痙攣《けいれん》している。子どもの頃にこういう症状はなかった。ごまかすようにてのひらを目元に当てた理香子は、「トールキン研究」とつぶやいた。

「トールキン？」

わたしが一巻で挫折した本だ。

「『指輪物語』の作者」

それからひとしきり文学論をぶつかと思ったら、メニューを見て「もっと何か頼もうか」と言った。話したくないのだろうか。

理香子はサワーを飲むばかりで、食べ物はつつくくらいしか口にしない。

「そんなに食べられないよ、いくらなんでも」とわたしは言った。

「さっちゃんはミス胃袋でしょ。いつだっけ、高校生くらいの時、やっぱり駅で会ってさあ、女子校であだ名がついたって言ってたじゃない」

頭がいい人は記憶力がいいのだな。全然覚えてないや。

「もうわたしたち二十四だよ。成長期じゃないんだから」とわたしは言った。それから黙ってしまった。

理香子は真顔になって「成長期じゃないんだっけ」とつぶやいた。

まぶたの痙攣は続いている。

あっははははっは、と隣室の笑い声が聞こえる。笑いすぎて咳き込んでいる人もいる。

憂うことなどひとつもありません、というふうに見えるあの人たちにも、若い時があって、将来が決まってなくて、不安で、挫折したりあきらめたりと、いろいろなことがあったのだろう。今だって、夫を去年亡くしたとか、自身に持病があるとか、息子がひきこもりだとか、不安の量は変わらなくて、束の間《つかま》の「あっははははっは」なのかもしれない。

でも、うらやましい。

束の間でも爆笑できる、あの人たちがうらやましい。

わたしたちもいつか子どもを産んで、ＰＴＡとかやって、ママ友というあらたなつながりを持ち、髪が白くなる頃にはあんなふうに屈託なく笑える日が来るのだろうか？

想像できない。自分の未来なんて、想像できないよ。

爆笑につられて隣に思考を持って行かれそうになるのを断ち切るため、わたしは目の前の友との話をつなごうとした。

「おばさん、一時帰国を喜んでるでしょう？　春に会った時、娘となかなか会えないってこぼしていたよ」

「家には顔を出してない」と理香子は言った。まぶたがぴく、ぴくと動いている。気になってしまう。ポケットティッシュ以上に。

「これから帰るところだったの？」

それにしてはポシェットひとつって。荷物はどうしたのだろう？

「迷ってる」と理香子はつぶやいた。

学生寮で論文を書いている最中にふいに帰国を思い立ち、気がついたら空港にいて、日本行きの格安チケットを買い、飛行機に飛び乗ったのだそうだ。

「その足でここにいるわけ？　荷物は？」

理香子はポシェットをぽんと叩いて「お金は持ってる。カードもあるし」と言う。向こうではいつでも帰れるように、帰国に必要なパスポートはポシェットに入れてあると言うではないか。

いつでも帰れる準備をしつつ、全然帰ってなかったってこと？　「ふいに思い立った」とか「気がついたら」とやけにあっさりと言ったけど、海の向こうから空を飛んでくるってよほどのことではないか。それに、まぶたの痙攣。

おばさんは理香子のこの状況を全く知らないだろう。

「寝てないの？」

「寝た。飛行機で寝た。こんなに寝たのは何年ぶりかってほど寝た」

「食事は？」

理香子は首を横に振った。

「きゃあっ、やだあっ、あはははは」

隣室から一段と高い笑い声が聞こえ、そのタイミングで理香子の目から涙がこぼれた。

彼女が泣くのを見るのは初めてだ。中学受験に失敗した時もわたしの前では泣かなかった。我慢していたというより、何か、次の手を考えているように見えた。あとから思うと、高校受験でがんばろうと思っていたのだ。そして彼女はやってのけた。大学受験もやってのけた。大学でも油断せずに努力した。そしてオックスフォードの学生になって、今、なぜ涙が出るのだろう？

理香子が何かつぶやいた。それは隣室の声にかき消された。でもわたしにはわかる。口の動きで。

「過食症なんだ」と言ったように見えた。

「失恋でもしたの？」と尋ねると、理香子は首を横に振った。店のおしぼりで目を押さえながら、「今はだいぶいいんだけどね」と言った。

大学に医師免許を持ったカウンセラーが常駐していて、適切な指導を受けているので、良くなってきている、という。

過食症の人は拒食症の人よりも痩せている、と聞いたことがある。食べないよりも食べて吐く方が消耗するらしい。彼女は子どもの頃より痩せているけれど、病的に痩せているわけではない。摂食障害はおそらくコントロールできているのだろう。

「過食を我慢できるようになったら、盗むようになっちゃって」

「え？」

「見たでしょ、さっき」

彼女はジャケットからポケットティッシュを出して「やっちゃった」と言いながら、再び涙をこぼした。口元は笑っているので、余計に悲しく見えた。

「はじめはね」

理香子は声をひそめ、こちらに顔を近づけた。

「ルームメイトのボールペンを盗んだの。よくできる子で、ずーっと憧れてた子で、その子のを盗んだ」

理香子の目はいたずらっ子のように光り、涙は止まった。

「盗むって……どんな感じ？」

「達成感」

「達成感？」

「盗もうと思って、盗めたわけ」

「うん」

「成果が出たわけ」

盗むことが、成果？

そう言えば、女子校では摂食障害の子が結構いて、「痩せると達成感がある」と言っていた。勉強の成果は思うように出ないけれど、食べなければ体重が減る。それは数字となって確実に表れるから、心の支えだ、と言っていた。

「学問はそうはいかない。やってもやってもダメな時はダメなんだ。成果が出ない」

「勉強、たいへんなの？」

　理香子は首をすくめ、説明しようがない、というような仕草をした。わたしに言ったって、わかりっこないというのだ。理香子の母親はおだやかな人だから、女の子の野心というものに理解がないのだろう。理香子はきっと家族が何を尋ねても、今のような仕草で拒絶するのだろう。

　でも結局ポケットティッシュを盗んだじゃない。このままでいいわけないじゃない。

「勉強が辛かったら帰ってくれば？」

「そう言うと思った」

　理香子は白けた顔をしてこちらを睨んだ。背筋が寒くなるような冷たい目をしている。

　理香子は病気なのだと感じた。

「いい？　日本の大学とは違うんだよ」

　理香子は幼子に言って聞かせるような口調になった。

「むこうのゼミの教授は学生を育てあげる使命感が強くて、自分の研究室の門をくぐったからには、成果を出さない限り卒業させない。日本の大学みたいに、いいかげんな論文で可なんてくれない。ここで逃げたら退学扱いになっちゃうんだよ」

日本の大学を見下した。

日本の大学、などとひとくくりにするなんて間違っている。イギリスにだって、日本にだって、いろいろな大学があるでしょ、という正論が口から出かかったけれど飲み込んだ。だって実際にわたしはいいかげんな論文で「優」をもらった。それは事実。ゆるい大学があるのは認めざるをえない。わたしのゼミの担当教授は自分の研究に夢中で、教育にはとんと関心がなく、大学から給料をもらうために通り一遍の講義をしている、という感じだったもの。学問は人から尻を叩かれてするものじゃないから、わたしはそれでいいと思っているけど。

「退学すればいいじゃない。病気になるくらいだったら逃げたらどうなの？」

陳腐だとわかっていても、わたしに言えることはこのくらいだ。

「やりたいことなんだよ。トールキン研究。学問の世界で生きていたいんだ。それには成果を出さないと」

理香子の発言に矛盾を感じた。どこ、と指摘はできないのだけれど、整理されていない気がする。矛盾があるからこそ、本音だと感じた。だから自分でもどうしようもなくて、こんなふうになってしまうのだ。

「やりたいことをやれてるなんて、それだけでも幸せなんだよ。やりたいことが見つからない人間もいるんだし」とこちらも本音を言ってみた。

「何もしていない人はたいていそう言う」

理香子は突き放すように言った。

嫌味には聞こえなかった。彼女は寂しそうだった。周囲からそう言われ続けているのだ。好きなことができて幸せねと。たぶん自分の母親からもそういうふうに言われて、うんざりしているのだろう。

「野心ってさ、持とうと決めて持つんじゃなくて、わたしのここに住んでいるんだ」

理香子は胸にてのひらを当てた。

「だから、持つのをやーめた、というふうにはできないんだ」

矛盾だらけの自分の気持ちを正確に伝えようとして、言葉を探している。熱意や誠意のようなものを感じた。わたしは今初めて理香子の魂に触れたのだ。幼い頃から近くにいたのに、やっと彼女の一部が見えた。

「野心があると、まず階段を上るでしょ。到達した時はうれしいのだけど、そこはただの踊り場だってことに気づいて、次の階段が見える。すると、自分は上にいるんじゃない、下にいるんだと知るわけ。そしてまた上り始める。で、到達するでしょ。今度こそゴールだと思うじゃない。ほっとするやいなや次の階段が見える。その繰り返しなんだ。最初から次の次の階段は見えていなくて、あとこれさえ上ればゴールだって毎回思っていて、到達したら霧が晴れるみたいに次が見えてくる。いつ終わるのかもわからないんだ」

延々と続く階段を上ってゆく彼女の姿がわたしには見えた。階段の頂点は雲に隠れて見えない。

「階段を上ろうとしない人には見えない世界ってこと？」

彼女はそうだよ、と答えた。

こちらを責めている口調ではない。なんというか、たぶん、理香子はわたしのことはどうでもよくて、自分の研究で頭がいっぱいなのだ。ほかと比べることはしない。前しか見ない。小太郎みたいな人なのだろう。

そう言えば、小太郎はどうしているだろう？　あいつも同様に苦しんでいるのだろうか。そういうふうに考えたこと、なかったな。弟のことも全く見えてないのかもしれない。

「才能のある人がいっぱいいて、めげるよ」

理香子は恥ずかしそうにつぶやいた。久しぶりに会ったわたしをつかまえてマジに力説してしまったことを照れているようだ。

オックスフォードに留学できると決まった時は、さぞかしうれしかっただろう。わたしが中学に合格した時のうれしさの比ではないだろう。

夢が叶った先にも人生は続くのだ。

夢って人を幸せにするのだろうか？　そこらじゅうで「夢をもとう」って叫ばれているけれど。たとえもつことができたとしても、本気で向き合うのってこんなにも苦しいのだ。

わたしに言えることは何もない、と思った。それはもう清々しいくらいにそう思えた。わたしには夢すらない。ただ居場所が欲しいだけ。そのくせ椅子取りゲームは苦手。ここはあなたの席よと椅子を用意してもらえたらいいのに。どんな席でもいい、人のお古でいいから、空いている席に座りたい。立っていることにくたびれちゃった。

バッグから折り紙を出して、折り始める。理香子は泣き止んでおとなしくこちらを見ている。ひと折りひと折り心をこめて折り上げて、テーブルに置く。

「それ、イノシシ？」

「そう。理香子っぽいでしょ」

もう一枚を折り始める。折っている途中で理香子は「わかった、ネズミじゃない？」とはずんだ声で言った。

「当たり」

わたしは丁寧に十二支を折っていった。折り紙は十四色入り一セットを持ってきた。男の子に一枚あげたけど、まだ十三枚ある。途中から理香子も手を出したので、最も簡単な蛇を教えてあげた。

理香子は言った。

「これ、オックスフォードでは誰もできないと思うよ」

声が明るくなっている。

わたしが折り紙を折ると、理香子を明るくすることができ、男の子を喜ばせることができる。トキばあのスパルタ教育が、わたしの数少ない取り柄になっている。好き嫌いなく完食できることもそう。幼い頃に身についたわたしの根幹は、良くも悪くもトキばあの決めつけ偏向教育で培われている。

「向こうの大学で折り紙を教えてあげたらさ、彼らはすぐにできるようになるよ。だって折り紙なんて、簡単だもん」

五歳のわたしにできたことだ。秀才ならば一発で覚え、さらなる発展系で、龍とか作れてしまうのだ。そして干支《えと》の折り方を教えてあげたわたしのことなど置き去りにして、高速道路をぶっ飛ばして消えてゆく。理香子、あなたもそのひとりだ。

「うちってさあ、わたしは小夜子、弟は小太郎、どちらも小さいって漢字が頭に付くのよね」

「そういえばそうだね」

「それって生まれた時に人間としての器を決められちゃうみたいでさ、嫌だった。なんでふたりともに小を付けるかなって、親に文句を言ったのよ。そしたらこれ、おばあちゃんが付けたんだって」

「トキばあ？　あのちょっと怖い人？」

「そう、トキばあがね、名前は人様へ見せる記号で、看板だから、こぢんまりしたほうがいい、と言ったんだって。人に「どうだ！」と威張ってみせるものじゃないし、親の夢なんかこめるものじゃない、というわけ。常にスミマセンと縮こまっていればいいって。命が誕生したばかりの時に、けちな話よね。トキばあの理屈では、大きくなる子は勝手に名前をぶち破って大きくなる。逆にぶち破る力のない子は、小さいまま丁寧に生きればいいんだってさ。まあわたしは完全に後者で、ちまちま折り紙折るしか取り柄がないわけよ」

話しているうち、トキばあが小太郎の逃走を許した理由がわかった。小太郎は三歳でぶち破ったのだ。わたしは破れなかったのだ。なんだそういうことか。思わず「ふふふ」と笑ってしまった。

理香子は笑わなかった。「これ、覚えて帰る」とつぶやいた。

帰るんだ。

実家ではなく、学生寮に帰るんだ。実家に寄らずに帰るんだ。論文と向き合うつもりだ。大丈夫かなと思ったけれど、彼女の決断だ。そこは踏み込まないでおこう。

就職活動に失敗して一年以上ひきこもった挙げ句、通夜を趣味にしているわたしの現状は、言うまい。見栄とかじゃなくて、彼女の苦しみだけをテーマにして今は終わらせなくちゃいけないと思った。

いつか……いつか隣席の人たちくらいの歳になって、理香子に「実はあの時、通夜オタクだったのよ」と打ち明けて、「ばかだねー」「あっははは」と笑える日が来るだろうか。

蛇のあと犬を折りながら理香子は言った。

「ティッシュは返しに行く」

何を言い出すかと思ったら。

「そんなことはしなくていいよ、ティッシュなんて無料で配るものなんだから」

「あれは売り物だった。九十八円と書いてあった。ティッシュは返しに行く」

理香子は言いながら、犬を折り上げた。正解には程遠いよれよれの犬。野良犬みたい。

「さっちゃんに負ーけた」と言って、理香子は「ははは」とほがらかに笑った。

わたしも笑った、ふたりで笑った。隣席に負けぬようにと、げらげら笑ったら、「うるさいです」と注意された。

隣席のグループはとっくに帰っていて、スーツ姿のカップルがいた。うるさいと言ったのは女性のほうで、わたしたちと同じくらいの歳だろうか、正義みたいな顔をしている。笑っている人をうるさいと思うなんて、わたしみたい。甘いね。楽しそうと思えるくらい、苦労してみろよ、と心の中で毒づいた。

「行こうか」

理香子がティッシュに手を伸ばしたので、わたしは奪い、一枚取り出して勢い良く洟をかんだ。

理香子は「なんでっ？」と叫んだ。隣席の女の舌打ちが聞こえた。

「だから、返しに行く必要ないんだって」

「返しに行く」

理香子は宣言するごとく言い、マイナス一枚のポケットティッシュをわたしの手からむしり取った。

割り勘で会計を済ませると、理香子は足早に駅に戻り、改札を抜けて売店へと向かった。どんどん前へと進む彼女をわたしは追いかけた。

さっきの店員はいなくて、わたしたちの親くらいの年代の太った女性が店番をやっていた。

理香子はティッシュを店員に見せながら、「さっき」と言った。わたしは咄嗟に百円玉を店員の目の前に差し出した。

「お金払い忘れてしまって、すみません」

店員はきょとんとした顔でとまどっていたが、使いかけのティッシュではなく、百円玉のほうを受け取った。

わたしはお釣りを待たず、ティッシュを握りしめたまま啞然としている理香子の腕をつかんで、ホームに入ってきた電車に駆け込んだ。

それからふたりで成田空港へ向かった。

理香子は何でついてくるのと言わなかった。スマホを操作して、チケットを買おうとしていた。

「明日の早朝の席が買えた。それしかないや」と理香子は言った。

時間があり過ぎると思ったけれど、わたしたちはどこにも寄らずに成田空港を目指した。寄り道したら彼女の気が変わってしまうかもしれないと思ったし、たぶん彼女自身もそう思ったに違いない。ふたりは「はちみつれもんゆず」を舐めながら電車に揺られた。

彼女が帰る先には未来がある。それはきっと良いもので、今は逃げるべきじゃないと、ふたりとも信じていた。わたしには逃げた過去があり、それはそれでしかたなかったと思うけれど、人に勧めるほど、逃げた先に価値があるとも思えない。彼女は病気で、その原因であるストレス源に戻してしまうことになるけれど、彼女の生きるエネルギーもそのストレス源にある。あとで悪い結果が出たら、彼女の母親に顔向けができないけれど、わたしは理香子の生命力を信じたかった。身内ではない無責任さが、明日を明るく見せていた。

空港ロビーの椅子でひと晩過ごすことにした。

母には大学時代の友人のうちに泊まると嘘のメールを打った。ハーイとお気楽そうな返信があった。

ロビーにはたくさんの椅子があり、深夜そこで過ごすのはわたしたちだけではなかった。慣れたように、七人分の椅子を陣取って横になる人もいた。施設内にコンビニがあり、飲み物も調達できる。天井は高いしとにかく広い。安ホテルよりも居心地が良い。

理香子はわたしといる間、ずーっとオックスフォードの話をしていた。

ルームメイトの奇抜な髪型や、大学構内のカフェに毎朝やってくるおしゃべりなおばあさんのスカートの柄や、英語が下手な中国育ちのイギリス人教師の話を、わたしはまるで自分の記憶のように知ることができた。重厚な歴史的建造物の学び舎や、緑豊かな郊外の風景も見たように思い浮かべることができた。広々として緑が豊かな墓地があり、そこで研究室の仲間とピクニックするという。墓地でピクニックかあ。死の捉え方も国によっていろいろなのだな。

早朝、彼女が搭乗ゲートをくぐるまで、わたしはそばにいた。日本にいたいと言い出したらすぐにでも一緒に家へ戻るつもりだった。

搭乗ゲートで別れる時、わたしは十二支を渡して、「飛行機の中で復習しなね」と言った。理香子は「お返し」と言って、使いかけのティッシュをくれた。

バイバイ、と姿が見えなくなるまで見送った。元気でいろよと祈るような気持ちだった。

帰りの電車の中で、ひとつ残った「はちみつれもんゆず」を口に含むと、急に孤独を感じ、目の端に滲《にじ》んだ涙を貰ったティッシュで押さえた。ひとりになって自分と向き合うと、惨めな日常が復活する。一緒に帰って来ればよかったと思ったりもした。負け犬仲間を増やしてどうする、とすぐに打ち消す。洟をかんだら涙は止まった。

彼女はたいへんなんだなぁとしみじみと思う。

世界のエリートたちと研究職を争うのか。生涯受験が続くようなものだ。

ひえー。

でも……。でもやはりわたしは彼女がうらやましい。野心があって、エリートで、悩みが高度であること、やらねばならないことがやりきれないほどあることもだけれど、罪悪感がある、という一点に、最もまぶしさを感じた。

盗んだポケットティッシュを断固として「返す」と言った。

どんなに安いものだって盗みは盗みだ。万引きが明らかになったら、留学生の身分は取り消されるかもしれない。それでも「返す」と言った。

彼女は犬を折りあげて「負けた」と言ったけれど、人として負けているのはわたしだ。

罪悪感。ないよ、わたし。

ひやかしで通夜に行き、バレさえしなければよいと思っている。そして明日も明後日も通夜へ行きたいと思っている。

罪悪感。

あると苦しいけれど、あるほうが上等だ。そのくらいは、ないわたしにもわかるのだった。

太陽

理香子を見送った三日後の夕方、わたしは飛合斎場の駐車場にいた。

喪服を着てアイスピックを握りしめ、サクラ・コムのマイクロバスの後ろに立っていた。

ご立派な建物の中は盛況だ。今日は五件もの通夜があるようで、煌々とした電飾の立て看板が五つ。亡骸は五体あり、五つの家の不幸があり、式場には香が立ち込め、お経が流れているはずだ。その空間に身を置けないのはすべてサクラ・コムのせいである。タイヤの空気を抜くくらいで営業をやめたりはしないだろうが、もうこうするしかない、という気持ちにわたしはなっていた。わたしの中に黒い空気が充満している。それを排気しなければ息ができない。息をするために穴を開けるしかないのだ。

アスファルトに片膝をつき、アイスピックを握った手を振り上げた。

あれはいつだっけ。

熱を出したわたしは居間に敷かれた布団に寝かされていた。そこから台所が見えた。改築前の我が家の古い台所で、誰かがわたしのために氷を掻いていた。母ではない。もっと大柄の、割烹着に身を包んだ……そう、あれはトキばあだ。水枕に入れるための氷を掻いているのだけれど、何かこう、残虐な行為を見ているような気に、わたしはなった。トキばあは悪者を痛めつけるような勢いでアイスピックを振り下ろしていた。あんなやり方ではうまく掻けないだろうに、やけにオーバーアクションで、がつん、がつんとやっていた。あれはたぶん、孫を苦しめている風邪をやっつけようとしていたのだ。

同じくらいの勢いで、わたしはアイスピックを振り下ろした。タイヤは思いのほか硬く、ぼんっと跳ね返され、アイスピックは地面に落ちた。

「痛い……」

手首をひねってしまった。

「へたくそ」背後から声が降ってきた。

「師匠」

わたしはお尻をぺたりとアスファルトにつけ、通夜女を見上げた。

「側面だ」

通夜女はアイスピックを拾うと、タイヤをサイドから刺す仕草をやってみせた。刺しはしなかった。

「通夜女は存在を消すのが流儀だ。戦ったりはせん」

彼女はアイスピックをわたしのバッグにしまった。

「もうずいぶん通夜に行けてない。イライラする。行きたくて行きたくてイライラする」

「そんなに通夜が好きか」

わたしは子どものようにこっくりと頷いた。

「あの匂い。モノトーンの世界。心がスーッとする」

「心がスーッとしちゃいかんな」

通夜女は背を向けると、歩き始めた。式場ではなく、門から外へ出ようとしている。置いていかれる。わたしは立ち上がり、追いかけた。

「誰だって、泣くとスッキリするでしょう?」

通夜女は無言でどんどん先へと行ってしまう。

「だって世の中はそうなってるじゃない! 悲しい映画や小説であふれてるじゃない! みんな自分よりかわいそうな人を見て、安心するんだ。それが現実だよ!」

わたしの叫びは口から出る時は正論なのに、耳から入る時にはひどく醜く響いた。

日が落ちるのが早い。秋は深まり、時は人の事情に関係なく進んでゆく。

通夜女は住宅街を無言でさまよい、わたしは金魚の糞《ふん》のごとくあとをついて回った。彼女は理香子と同じく、わたしを誘いも拒みもしない。理香子の目にも通夜女の目にもわたしの姿が映っていないのだろう。

わたしは透明人間だ。魂しか存在しない死者と同じだ。

以前、本屋の帰りに歩いた街だけれど、通夜女と歩く夜の街は別世界に見えた。違う世界につながっているのではないか。どこかへ連れて行ってくれるのではないか。

彼女が何の目的で歩いているのか知らないが、わたしは立ち止まる理由がないので、歩いていた。

美ら海水族館を思い出す。マンタはゆっくりと泳いでいた。まるで空を漂うようだった。水槽はいくら巨大でも海ではない。泳いでも泳いでも先へはゆけないし故郷にも帰れない。泳ぐこととイコール移動にはならない。ずっと同じところにとどまっている。意味もなく動いているのは、マンタもわたしも同じだ。ジムのランニングマシーンでせっせと走る人も同じだ。あ、違う。彼らは「健康」や「美」というゴールに向かっている。

わたしには目指す先がない。

「星がきれいですね」

たまにつぶやいてみる。通夜女からは何も返ってこない。

ふっと、どこからかお香の匂いがした。

幻臭？

通夜の禁断症状でとうとう幻臭を感じるようになってしまったのか。風上を見ると、住宅街の路地の奥に白と黒の縦縞《たてじま》の布が見えた。鯨幕だ。

「師匠、あそこ、お通夜じゃないですか？　ほら」

このあたりでは珍しい区画で、狭い土地に小さな木造一軒家がぎちぎちと肩を寄せ合っている。その中の一軒に鯨幕がかけられ、光が漏れている。

通夜女は立ち止まり、こわばった顔をしている。

「家でやる通夜って、なつかしい。子どもの頃、うちでもあったんですよ」

湧き立つ想いが溢れる。あきらめていた通夜。こんなところで遭遇するなんて！

運が良いというレベルではない。通夜女に導かれたのだ。彼女はここで通夜があると知っていて、わたしを連れてきてくれたのだ。

それとも通夜が通夜女を呼び寄せるのだろうか。

付いてきて正解だった。これを成果と言わずしてなんとする。マンタも水槽を浮遊しているうちに、ひょいと海に出られるかもしれない、なんて思えてきた。

通夜女は近づこうとしない。

たしかに個人宅では半通夜、つまり家族だけでという可能性が高い。でも目の前には鯨幕、軒から提灯《ちょうちん》もぶら下がっている。それらは弔問客のための目印なのだから、人を待っている、呼んでいる、と解釈してよいだろう。

それに、通夜女のコミュニケーション力で対処すれば、どんな死者も旧知の友になるはずだし、大丈夫、きっと大丈夫だ。

「人が少なかったら喜ばれますよ。お腹もすきませんか。ちょっとだけ、のぞいてみましょうよ」

「香典がない」と通夜女は言った。

わたしは耳を疑った。

「通夜女に香典は不要って言ってたじゃないですか。何か尋ねられたら通夜女です、と正直に言えばいいでしょう?」

通夜女が動こうとしないので、わたしはひとり家に近づいてみた。玄関の引き戸は開いていて、人の出入りは自由になっている。香の匂いがうれしくて、眩暈《めまい》がしそうになる。玄関の床はむきだしのコンクリートで、そっと一歩踏み込んでみると、砂でざらついている。履物の数からすると、中にいるのは数人だ。

般若心経が聞こえてくる。草履《ぞうり》があるし、もうお坊さんが来ているんだ。入るなら今だ。

ひとりで入ることに不思議と躊躇はなかった。通夜レディがいないという確信があった。それだけでわたしは舞い上がるほどうれしかった。

そっと靴を脱いで上がり込む。短い廊下の先に黄ばんだ畳の座敷が見える。廊下からそっと部屋を覗くと、僧侶のほかには喪服を着た人が五人。遺族ではないように感じられた。なぜなら、部屋の空気から乾いたような感情しか伝わってこないのだ。隣の人とひそひそ話をしている人もいる。読経の最中なのに私語。近所の人だろうか。ぎちぎちと肩を寄せ合っている家の人たちなのだろう。受付も芳名帳もない。

遺影もなくて、棺もなくて、煎餅布団《せんべいぶとん》が見える。納棺前だ。

通夜は好きだが、遺体と対峙するのは嫌だ。棺に入る前の布団の上の遺体なんて、なまなましい。引き返そうかと思ったが、久しぶりのお経に気持ちが抑えられない。妙にテンションが上がっている。一歩踏み込めばカタルシスが得られるかもしれない。これこそが通夜の醍醐味《だいごみ》かもしれないと、欲が出た。

喪服の人たちに紛れ込んで座ることにした。

狭い。

六畳ほどの和室に二畳ほどの板の間が付いている。畳のところは布団が敷いてあって、側に坊さんがいて、さらに五人の人が囲むように座っているから、隙間がない。板の間に座るしかない。布団を見ないようにして部屋に入ると、五人がちらとこちらを見た。乾いた視線だ。軽く会釈して座ったら、みなもう目をそらし、こちらに興味はないようだ。小さな家で、ほかに部屋もないようで、あとは三畳程度のキッチンがあるだけ。お風呂もなさそう。お尻になにか当たるので、見ると、黒いランドセルが置いてある。

子どものいるうち？

つい、布団を見てしまった。白い布が二枚、目に入る。掛け布団の盛り上がりはふたつあり、片方はとても小さい。

子どもが亡くなったんだ。大人と、子どもだ。

ランドセルの脇には灰色にくすんだ上履きがあって、マジックで丁寧に「いそのたいよう」と書いてある。そして上履きの横には小さく畳まれた古そうな紙。

あ……これ……。

番付表だ。

その横に、わたしが折った力士。

がつん、と棍棒で後頭部を殴られたような痛みを覚えた。

目の前の光景が二重三重にぶれた。頭が痛い。般若心経が頭の中で反響し、脳内がかき乱される。

胃液が喉に上がってくる。

坊さん、うるさいよ！　静かにして！

どんどん声量が上がり、部屋がぐるぐる回る。洗濯機の中にいるみたい。

這《は》った。這いながら部屋を出て、這いながら玄関へ行き、自分の靴を探した。ない、というか、見えない。目の焦点が合わない。

「磯野《いその》さんのお知り合いですか？」

急に現実的な声がした。頭の上からそれが滝のように落ちてきて、わたしは冷水を浴びせられたような気がした。這いつくばったまま、上を向く。

玄関の外にふたりの男が立っていて、こちらを覗いている。ふたりとも喪服を着ていない。ひとりはグレーのスーツ。もうひとりは警察官で、制服を着ている。

口からよだれが出てしまい、あわてて手の甲でぬぐう。

「太陽くんの学校のかたですか？」

犬のような姿勢のまま、首を横に振った。

師匠、助けて！　師匠、どこ？

「お悲しみのところ、すみません」と男は神妙な口調で言った。

そうか。どんなに妙な格好をしても、悲しみのせいにできるのだ。わたしはどうにか自分の靴を見つけて、履いた。

玄関の外へ出ると、通夜女の姿はなく、わたしはサウナから出てきたようにのぼせて、ふらついた。汗をかいた。その汗が冷えてうすら寒い。のぼせているのにゾクゾクする。男たちに質問された。途中までは何を聞かれているのかわからなかった。しばらくして言葉の意味がのみこめた。

「母親が子どもを叩いたり、怒鳴ったりしたところを見たことはありますか?」

「母親が育児に悩んでいるふうには見えませんでしたか」

母親が、母親が、母親が……。

知りません、知りません、知りません……。

名前を聞かれて、偽名を口走った。嘘の名前は芳名帳用にいくつも考えていたから、ぺろりと出た。わたしってこんな時にも嘘がつけるんだ。黄色い膿《うみ》が体じゅうに溜まってゆき、わたしはどんどん重たくなる。

お経が終わり、中から喪服の人たちが出てくると、警察の男たちはそちらへ近づき、わたしは解放された。

ひとり、夜の住宅街をさまよった。

しばらくすると例の本屋が見えた。男の子が大相撲ジャーナルを探していた店だ。ガラス窓の向こうに勤め帰りのサラリーマンらしき人や、学生らしき人たちが見え、それぞれが本を選んでいる。

あそこに男の子とおかあさんがいて、おかあさんは男の子のためにドリルを選び、男の子はわたしの折り紙の腕に感心した。目に見えないけれど、今もあそこにおかあさんと男の子がいるような気がする。ガラスの向こうとこちらでは流れている時間が違うように思える。飛合斎場に行けば、あの子がおなかをすかせていて、死んだお寿司を無茶食いしている、そんな気もする。

ウンチケーキ。おいしいってさ。力士の折り紙、喜んでた。

「おばちゃん、すげーなあ。ほんとすげえ」

膨れ上がった皮膚がぶつんと鈍い音を立てて裂け、膿が飛び散る。

わたしは突然走り出した。

歩道ではなく車道を走った。人生なんてバンッと消えろ。嫌なこと、面倒なこと、考えたくない。わたしはわたしでいることにうんざりだ。わたしをやめたい。わたしなんて轢《ひ》かれてつぶれてしまえ。

車が来なくて、轢かれることもなく、どんどん走ることができてしまう。なぜ、こんなわたしが生きることを許されているのだろう?

息が切れ、足を止めると、きい、きいと、金属がきしむ音が聞こえた。大きな公園のほうからだ。ホームレスが鳩に餌をやっていた公園である。緑が多くて、道路からでは奥の様子が見えない。

小道を入ってゆくと、ベンチがあり、そこにはホームレスも鳩もいなかった。さらに奥へ行くと広場があって、砂場や鉄棒や滑り台などの遊具があった。

ブランコがひとつ揺れていた。黒い着物を着た小柄な老婆を乗せて、揺れている。

きい、きい、きい、きい、きい、きい。

寒気がする音だ。

「うるさい」とつぶやいた。

きいきいは嫌がらせのように止まらず、わたしを攻撃してくる。

「うるさいうるさいうるさい！」

わたしは怒鳴った。割れるような声で怒鳴った。

「何をのんきにブランコなんか！　降りなさいよ！」

別人だ。わたしは全くの別人になってしまった。

「星が綺麗だぞ」

にくたらしい相手の言葉なのに、つい、空を見上げてしまう。たしかに綺麗な星空だ。

ひりりと冷たく澄んだ空気に、いつもより多めの星たちが「君たちはややこしいねえ」と、地上の騒動をあざ笑うように輝いている。

人が死んでも星は輝くのを止めない。無神経なのだ。わたしのように、人の痛みがわからぬ無神経野郎なのだ。無神経野郎の馬鹿野郎。

「このあいだ本屋でふたりを見た。あの子、笑ってた」

わたしは誰に喋《しゃべ》っているのだろう?

「普通の、そこらへんにいる、親子だった」

わたしは自分に話しているのかもしれない。

「あのおかあさん、子どもを殺したのかな」

これはブランコの人に向かって言った。

警察の人の質問から、そのような顚末《てんまつ》が想像できた。

「それともあの日みたいに放置して、死なせちゃったのかな。で、自分もあとを追った、とかかな。ねえ、なんでふたりとも死んじゃったの?」

通夜女は黙ってブランコをこぎ続けている。

「わたしたち、母親の育児放棄を知ってたよね」

きい、きい、きいが続く。

「知っていながら見て見ぬ振りをしたよね」

　通夜女は何も言わない。

「とぼけないでよ！　あんただってわかってたでしょ？　なのに何もしなかった！　あの晩、警察に届けてたらよかった。わたし、言ったよね？　警察に届けるべきって。あんたが連れて来たんだから、あんたが届けるべきだったんだ。あんたがサボったんだ。あのとき警察に届けていたらこんなことには」

　ブランコはわたしを無視して揺れ続けた。

　わたしは泣いていた。涙があふれて鼻水も流れて嗚咽《おえつ》が止まらない。

　汚れた上履きの「いそのたいよう」、黒いランドセル、相撲の番付表、そして折り紙。磯野太陽の笑顔。「すげー」って言いながら笑ってた。

「すげー」って。

　今、太陽の体は冷たくて硬くて心とか気持ちとかそういうものはいっさいがっさいなくなってしまった。あの子の人生は消えたんだ。

　顔、見なかった。本当にあの子なのだろうか。本当に死んじゃったのだろうか。

　あの子じゃなければいいのに。

　じゃあ、あの子じゃない子なら死んでもいいの？

自分と関わった人は死んじゃだめで、関わってない人は死んでいいの？　うんざりだ。わたしはわたしが大嫌い。

ブランコの音が止まり、通夜女は座ったまま言った。

「泣いてスッキリすると言うてたが、どうだ？　ずいぶんとスッキリしたか？」

ぞっとした。

つまりは、そういうことなんだ。

数々の通夜で見かけた遺族たちの憔悴しきった顔。二度と会えない悲しみと悔い。わたしはそれを見て癒された。同じ空間にいて、他人の不幸に癒された。心地よかった。当事者にとって死はこれほどリアルで残酷なのに。

きっと同じ空間にいなかったんだ。わたしは自分の部屋にいたんだ。ずっとひきこもっていたんだ。テレビを見るように、通夜を覗き見していただけなんだ。

「あの子、太陽だって」

声が震えた。

「名前。太陽だよ？　あの子を産んだとき、母親はうちの子は特別って思ってつけたに決まってる。世界一の子、って思ってたに決まってる。幸せになってほしいと願ってつけたに決まってる。なのにどうして？」

「おにぎりは塩むすび。名前もヨシオとかカズオとか、普通が一番だ」

通夜女は他人事のように言う。なぜ泣かない？　なぜ平静でいられる？

「あの子はママのこと信じきってた。あんたのこともわたしのことも信じていたんだよ」

耐えられない。自分と向き合うのが。だからこの問題は目の前の老婆の仕業だと思いたい。こんなこと、背負えないよ。

再びブランコが激しく揺れる音がした。

通夜女はぐんぐんブランコをこぐ。わたしはいらついた。彼女は反省すべきだ。彼女が悪いのだから、彼女が後悔でうちひしがれるべきだ。

「なにが通夜女だよ。あんた何様？　ただの無銭飲食のばばあじゃないか！」

前から、そうじゃないかと疑っていたんだ。ただ食べにきているだけじゃないかと。喪服を着てもぐりこめば、飲食できる。だから通夜女などとうそぶいて、葬儀場をうろついていたんじゃないかって！

「ひとりぼっちなんでしょ？　家に誰もいないんでしょ？　寂しくてひもじくて、だから通夜に来てたんでしょ？」

「そうさ、ばばあさ」

通夜女は空に向かって叫んだ。

「生まれた時からずーっとばばあで、ずーっと通夜女をやっている」

よく通る大きな声だ。まあるい背中をいっそう丸くして体を揺さぶって脳を揺さぶっている。おそらく考えないようにしているのだ。そうして逃げているのだ。

何から？　わからない。

わたしも逃げている。

何から？　わからない。

「消えろ！」とわたしは叫んだ。

なにもかも消えてしまえ。

一番消したいのは自分だった。

その夜、夢を見た。

わたしは少女で、黒い服を身にまとい、裸足《はだし》で歩いている。足の裏がざらざらする。

前方に白い服の女が歩いている。後ろ姿が見える。

聞かなくちゃ、と思った。わたしは何かを探していて、そのために歩いているのだけれど、それが何か、どこにあるのか忘れてしまった。この人は知っているはずだ。

「あの」

声をかけると、女が振り返った。

それは顔に派手な化粧をした二十歳の美人だ。

「あなたを知ってる」とわたしは言った。

女は微笑んだ。

「遊びに来てくれたよね」

わたしはうん、と頷いた。

「すっきりした？」

女の問いかけに、体がこわばった。するとすっと消えた。

わたしはさらに歩いた。聞かなくちゃと思いながら歩いた。わたしは何を探しているのですかと、聞かなくちゃ。

前方に白い服の男が歩いている。

「あの」

声をかけると男が振り返った。体はおとななのに顔はひきこもりの中学生だ。

「あなたを知ってる」とわたしは言った。

中学生は笑いながら「すっきりした？」と言った。

体がこわばった。するとひきこもりはすっと消えた。

わたしは再び歩いた。ひたひたと歩いた。砂がどんどん多くなって、いつのまにか砂浜のようで、足指の間に砂がこびりついてくる。

前方に、白い着物の老婆の背中が見えた。

わたしは大きな声で叫んだ。

「ねえ、師匠。おなかがすいてたの？　お寿司食べに通夜に来てたの？　ねえ！」

老婆が振り返った。トキばあだ。

「おばあちゃん」

「小夜子ありがとう。泣いてくれてありがとう」

「違う、ばあちゃ、わたし」

「お前はほんとうに優しい子だ」

「おばあちゃん」

「ごめんな、自転車こわしてしもて」

「おばあちゃん」

「自転車、ごめんな」

トキばあは謝りながらすっと消えた。

わたしは暗闇の中、とうとうひとりぼっちになった。

足をどこへ向けたらよいのかわからず、立ち尽くす。
遠くに波の音が聞こえた。

ごめんで済むなら

翌朝、目覚めるとすぐに家を出た。

母が何か言っていたけれど、無視して家を出た。

昨夜は深夜に帰宅して、お風呂にも入らずにベッドに倒れ込むようにして寝た。悪夢で目を覚ますと夜中の三時で、下に降りるとダイニングテーブルに手作りのおにぎりが三つあった。わたしはそれを全部たいらげて再び寝た。次に目覚めたのは朝七時。

今から行けば葬儀に間に合うのではと思った。磯野太陽くんの葬儀。自宅での通夜の場合、翌日葬儀も家で行うのではないか。

出棺前に、許されるなら顔を見たい。恐ろしい気もするが、見なくてはいけないと思った。

あの親子ときちんと向き合い、手を合わせて「ごめんなさい」を言いたい。趣味で通夜に出続けていたこととか、それを警察に知られたくなくて、ネグレクトを疑っていたのに届けようとしなかったこととか、とにかく全てを謝りたかった。謝っても命は戻らない。自分の気が済むための、自分のための行為だけれど、それをしなくては人でなくなる気がした。

「やり直し！　角と角をぴしっと合わせなさい」

トキばあの叱咤が蘇る。そう、これは角と角を合わせる行為。生き直しの行為だ。悪いことをしたら、謝る。謝る行為の効果なんて、考えちゃだめ。

喪服のまま寝たので皺だらけだけれど、そのまま電車に乗り、飛合斎場のある町へ向かった。駅からは走った。

例の公園近くを通りかかると、道を塞ぐようにパトカーが停まっている。しかたなく足を止めると、「死んだ？」と、妙な言葉が耳に入った。

「やべーな、こんなところで」

眉根をよせて若い男女が公園から出てきた。高校生くらいで、制服を着ている。公園で朝デートをしていたら、警察に邪魔をされたのだろうか。

動物の死骸《しがい》でもあった？

それとも例の布をかぶったホームレス？　首を吊っていたとか？

嫌だ嫌だ。不幸はそう連続して起こるわけがない。この嫌な想像は気のせいだと思いたい。

葬儀に出ねば。太陽の顔を見なくては。そのために来たのだから。パトカーの脇をすり抜け、走ろうとして、足が止まる。さっきの「死んだ?」がひっかかる。昨夜から頭が混乱し続け、優先順位がおかしくなっている。関係ないものの死も、確認せずにはいられない気持ちになっている。

腕時計を見ると、まだ八時半。葬儀は早くても九時からではないか。時間はある。事故だかなんだか知らないが、目で確認して、「そういうことだ」と納得してから、葬儀に行こう。

急ぎ足で公園の小道を通って奥を覗いてみると、警察官が三人、ベンチを囲むように立ち、見下ろしている。そこには布の塊と、紙袋がみっつ置いてある。布の塊は動かない。

ホームレスだ。

昨夜はいなかった。深夜にここに来て寝たのだろうか。冷えて、死んでしまったのだろうか。

警察官がふたり、両脇から抱えるようにしてホームレスを立たせた。死んだのではなく、連れて行くようで、ほっとした。わたしって馬鹿。そんなに不幸は起こらないって。

ホームレスを引きずるようにして、彼らはこちらに向かってくる。サリー風に巻きつけた煮しめたような布から、ちらりと小さな顔がのぞいた。

え？

頭の中がぷつーっと、電話を切った後のような、外界とのつながりが途絶えたような、おかしな状態になった。

え？

だってそれは、おばあさんだった。おじいさんでも、おじさんでもなく、昨夜別れた老婆の顔だった。

老婆は引きずられながらわたしの脇をすり抜けていった。

ベンチの大きな紙袋はそのまま残されていて、ひとり残った警察官が中身を覗き込んでいる。まるでゴミにでもさわるように、ボールペンの先で中身を引き出したり、入れ直したりしている。

むかついた。すると外界と脳がつながった。

「あの」

声をかけると警察官はこちらを見た。若そうな、同年代の感じ。みんなちゃんと働いているのだ。めげそうになるが、言わねばなるまい。

「あのひと、どうかしたんですか？」

「あなたは？」

警察官はこちらを無遠慮に見つめた。詰問はしてこない。皺だらけとはいえ、喪服を着ているからだ。喪服は葵《あおい》の御紋のように、相手から攻撃性を奪う。労《いた》わるべき存在となるからだ。ただし、着ている本人からは攻撃性を奪わない。むしろ鎧《よろい》を着たように大胆になれる。不幸は武器になる。

「あのおばあさん、たまにここで見かけたから、気になって」

嘘ではない。

「そうですか」

警察官は納得がいった、という顔をした。

「あの人、警察に連れて行かれるようなことをしたのですか？　ここに座ってはいけない法律があるのですか？」

「いえいえ、そういうことではないんです。参考にお伺いしたいことがありまして、署にいらしていただくことになったんです」

「参考人として、ですか？」

「実はつい最近、町内で親子心中がありまして」

心中。

　ああもう、逃げられない。やはり母が子を殺したんだ。太陽はママに殺されたんだ。わたしは、わたしは、どうしたらいい？

「亡くなった子どものことでおばあさんにお伺いしたいことがあるんです」と警察官は言った。

「子どもを殺したのはおかあさんでしょう？　おばあさんには関係ないでしょう？」

「三ヶ月前にあのおばあさんが交番にその子を連れて来たと、当直の日誌に書いてありまして」

　え？

「交番に？　あの人が、あの子を連れて行った？」

「ええ、記録があるのです。そのときご本人の住所とお名前を伺おうとしたら急に黙ってしまったと、当直の者は言うのです」

　なんてことだ。あのひと、ちゃんと行動していたんだ。男の子を心配して、行動していたんだ！

　三ヶ月前って、わたしが男の子と初めて会った夜よりも前ではないか。

　以前から男の子は育児放棄されていたんだ。それであのひと、交番に連れて行ったんだ。わたしがやらなかったことを、あの人はとっくにやっていたのだ。

「住所と名前を聞くのは決まりですから。お届け内容は文書にまとめますので。住所と名前をおっしゃろうとしないので、係の者が繰り返し聞くと、もういいとおっしゃって、帰ってしまわれて」

「そのとき、男の子は？」

「記録にないので」

「ちゃんと話を聞いてあげなかったんですか！」

警察官は警戒するような顔になった。

「ですから、被害届にしろ遺失物届にしろ、まずは届け出るご本人の名前と住所をですね」

「ばか！」

「は？」

警察官は間の抜けた声を出した。

わたしはベンチを見た。周囲にはパン屑《くず》がちらばっていて、鳩がついばんでいる。

「ばかだ」とわたしはつぶやいた。

どこまでわたしは馬鹿なんだ。何も見えてない。何も見ようとしていない。

空を見上げた。

いつもと違う空が広がっている。澄んだ青空に白い雲。よく見る普通の空なのに、今は違って見える。いつもよりも広く、深く、無限に感じられる。比べて自分のちっぽけなこと。

警察官は肩をそびやかし、紙袋を調べ始めた。

風呂敷に包んだ喪服と数珠が出てきた。朝日の下で見ると、色褪《いろあ》せて見え、なんだかひどく安っぽく見える。

「なんだぁこれはぁ」

警察は穴の空いた足袋をつまみあげ、顔をしかめた。

腹の底から得体の知れないものがふつふつと煮え立つのを感じた。

「ひとの持ち物を勝手にいじっていいんですか？」

「持ち物？」

「いいんですかっ？」

「ゴミかどうかの確認ですよ」

「あのひとは男の子を気にかけていた唯一の市民でしょ」

「は？」

「太陽を殺したのはあんたたちじゃない！」

めた。

「は？」

「人殺し！」

そう叫ぶと、わたしはしゃがんだ。そして地面にこぼれたパン屑を砂ごと両手で掻き集めた。

「うちの子！　うちの子に何か！」

姿は見えないけれど、声で母だとすぐにわかった。

警察署のロビーに駆け込んできた母は、職員に「お名前は？」と聞かれ、「仁科頼子《よりこ》です」と答えた。「お子さまのお名前です」と問い直されて、「さっちゃんよ、さっちゃん。小夜子。どこ？　さっちゃん！」と叫んだ。続いてどんっと音がした。カウンターか壁を叩いたらしい。

わたしは「人殺し！」と叫んだ二時間後、警察署の二階の応接室Bで、巡査部長の緑《みど》川《かわ》さんとお茶を飲んでいた。緑川さんは父くらいの年齢のおじさんだ。ロビーの騒動は薄いドア一枚を隔てて漏れなく聞こえてくる。

緑川さんはわたしを見て「ずいぶんと愛されてるんだねえ」と微笑んだ。

「おかあさん、一生懸命じゃないか。一生懸命なおかあさんって、いいねえ」

緑川さんは細い目をさらに細くした。

母が一生懸命？　そんなふうに感じたことはなかった。

母親なのだから娘を心配するのは当然だと思っていた。

灰色の上履きを思い出すと、心がしん、とする。丁寧な文字と、一度も洗われたことのない布の落差が胸を突く。

わたしの上履きは白かった。どんなに汚れても週末持ち帰れば月曜の朝には白くなっているのだった。魔法で白くなったのではない。母がゴシゴシ洗って漂白して干して、それでようやく白さを取り戻していたのだ。そんな当たり前のことに今頃になって気づく。

こんな人間、誰も雇いたくないよなあ。

ほどなく母は応接室Bに通された。わたしを見た瞬間、息を飲み、膝から崩れ落ちるように床に座り込んだ。

「誰が……誰がうちの娘に……こんなことを」

母は驚きと怒りで震えていた。

わたしはうろたえた。

母はいたっておだやかな人で、感情をむき出しにしたところなんて見たことがない。トキばあの心臓が停止した時は悲鳴を上げたけれど、ここまで取り乱していなかった。母にこんなスイッチがあるなんて、知らなかった。

わたしは鼻にティッシュを詰め、右目の周りが腫《は》れて青紫になっていたけれども、片手を失ったわけでも、意識不明になったわけでも、手錠をかけられているわけでもない。

母は緑川さんに抱えられるようにして、わたしの隣に座った。緑川さんの指示で母にもお茶がふる舞われ、勧められるまま、母はひとくち飲んだ。母が落ち着いた頃合いを見て、緑川さんが説明を始めた。冒頭のところで、もう母は問い返した。

「この子が窃盗《せっとう》未遂《みすい》？」

緑川さんはにこにこしながら「まあそういう感じで」と言った。

「何を盗んだというのです？」

「いえいえ、未遂ですから」

「何を未遂したんですか？」

「ホームレスの所持品をですね」

「ホームレスからものを盗んだ？」

「いえいえ、ホームレスの所持品を調べていたうちの若い警察官からですね」

そこにわたしが割り込んだ。

「市民の持ち物を勝手に覗き込んでいた公務員の職権乱用行為を未然に防いだだけです」

母は涙をためた目でこちらを見ると、わたしの手を握り、「そうなの？」と言った。

緑川さんはあわてた。

「とにかくですね、その所持品をですね、このお嬢さんが警察官から奪って走り去ろうとしましてね」

母は憤懣《ふんまん》やるかたない、という顔で抗議した。

「公務員の職権乱用行為を防いだ娘が、なぜこんなにひどい暴力をふるわれなきゃならないんです」

緑川さんの顔にあせりの色が浮かんだが、仏の顔は崩れなかった。

「落ち着いてください、おかあさん」

「わたしはあなたのおかあさんではありません」

「いいですか、仁科さん。暴力をふるったのは娘さんです。うちの若いの、今眼科で治療中なんですよ」

「眼医者？」

「ちょっと黙っててください。まずですね、娘さんが警察官の顔に向けて砂を撒《ま》き」

「はあ」

「目に砂が入って苦しむ警察官から紙袋を奪って逃走」

「あわてて走ったものだからつまずいて」

「はあ」

「紙袋抱えたまま転んで地面に顔をぶつけて」

「まあ！」

母はわたしの顔を両手ではさみ、「だいじょうぶ？」とささやいた。

「痛い」

「痛いわよねえ」

母の手が痛いとは言えない。

「医務室で治療はしました」と緑川さんは言った。それから恩着せがましい口調で「治療費は請求しませんからね」とつぶやいた。

「家に帰って冷やしましょう」

母は立ち上がった。

「あのう」緑川さんは困惑気味だ。

母はつっけんどんな口調で「何ですか」と、緑川さんを睨む。

「おかあさん、わかっていますか？　いいですか？」

緑川さんは腹を決めたという顔で、厳しい声を出し始めた。

「まず、この傷は警察が娘さんに与えたものではありません。そして、娘さんは警察官に暴力をふるいました」

「砂でしょ」

母は薄ら笑いを浮かべた。

「二歳の子だって砂くらい撒けるわ」

母はわたしの手首を摑むと、「帰るわよ」と言った。

わたしは素直に立ち上がり、母と共に部屋を出て行こうとした。

「ちょっと！」

緑川さんは号令のような、とびきり大きな声を出した。

「まだ、なにか？」

母はうるさそうな顔をした。

「公務執行妨害」

「はあ？」

「公務執行妨害」

「聞こえません」

「公務執行妨害未遂……みたいな、ねえ？」

緑川さんはしどろもどろであった。母は鼻息荒く言い返す。

「砂で逮捕？　公園で砂を撒いたら、逮捕しますか？」

「逮捕はしませんがね、厳密に言えば、公務執行妨害に当たるくらいの行為を娘さんはしたわけで、ごめんなさいくらい言ったっていいじゃないですか」

なるほど。緑川さんはわたしに謝って欲しいのか。

応接室Bはしいんとした。壁の時計を見ると、正午。結局太陽の葬儀に行けなかった。謝りたかったのに……。あの子に謝るつもりで、ここでごめんなさいを言おうか。今なら土下座だってできる。大きな声でごめんなさーいって叫び、額を床にこすりつけてみようか。そうしたら罪悪感を減らせるだろうか。この先、生きるのが少しは楽になるだろうか。

ごくんと唾を飲み込み、息を吸い込んだ。大きな声を出そうとした瞬間、母が啖呵《たんか》を切った。

「ごめんで済むなら警察要らないっ」

緑川さんは呆気にとられた顔をした。わたしも同じ顔をしたと思う。

「このことわざ、知らないんですか」と母は言う。

「ことわざじゃないよっ」

緑川さんは顔を真っ赤にして、悪ガキが学級委員の女子にくってかかるような口調になった。

「じゃあ格言？　座右の銘《めい》ですか」

母は学級委員女子風に言い返す。

応接室Bはますます険悪なムードになった。

勝った負けたでいうと、完全に母の勝ち。気迫が違う。

こういうのを世間ではモンスターペアレントというのかもしれない。

家の中では父をたて、トキばあをたて、子どもたちをたてていた母が、天下の巡査部長と堂々と渡り合っている姿はたのもしく、格好よかった。たとえ主張が非常識だとしても、娘として、参りましたという尊敬の意を母に捧《ささ》げたい。

同時に、母の言葉に傷ついてもいた。ごめんで済むなら警察要らない。そう、わたしのしたことはごめんじゃ済まされない。人の死を楽しんでいた過去は消せないのだ。

「あのう」

わたしが口火をきると、緑川さんは期待に満ちた顔で「ん？」とこちらを見た。謝ると思ったのだろう。

「あのおばあさんはどうしていますか」

緑川さんは気の抜けた顔をした。

「ああ、彼女は……ひととおり話を聞いたから帰したけど」

「帰したって、どこへ帰すのですか」

「事情聴取は済んだので」

「彼女は」

家がないんですよ、という言葉は飲み込んだ。

「紙袋はどうしましたか？　あれは彼女のものです」

「渡したよ、ちゃんと」

「そうですか」

母が「行きましょう」と言うので、わたしは母と共に部屋を出た。緑川さんは呆れ果てたようで、もう何も話しかけてこなかった。わたしたちが帰ったあと、塩でも撒いたに違いない。

母はわたしの前を颯爽《さっそう》と歩いて行く。ぺたんぺたんとサンダルが跳ね返る音がする。庭用のサンダルを履いている。警察からの連絡に、あわてて家を飛び出したのだろう。

「おかあさん、何かを火にかけっぱなしってことはない？」

「火の元はたしかめた。鍵はかけ忘れたかも」

て言えない。

母はからりと言う。

ありがとう、とか、心配かけてごめん、とか、言うべきかなあと思いつつも、照れ臭くて言えない。

母はふいに立ち止まると、ロビーの隅の壁を見上げた。

イケメン警官がにっこり笑っているポスターが貼ってある。大きな文字で『みなさんの安全を守ります！　なんでもご相談ください』と書いてある。

母は「警察署の中に貼ったって意味ないよね。ばかだあ」とつぶやくと、ポケットから口紅を出し、ポスターの警官の顔に眼帯を描いた。そしてついでのように自分の唇にも口紅をひいた。真っ赤だ。こんな色、持っていたっけ。

口紅を借り、わたしも唇にひいてみた。鏡がないからはみ出したかも。

「この口紅、油臭い」

「古いからね。それ、おばあちゃんの箪笥から出てきたのよ」

「え？　この口紅、トキばあの？」

「押入れを整理してたら、いくつも化粧品が出てきたのよ。箱に入ったまま、使ってない状態で。おばあちゃんも女だったんだわねえ。なんだか捨てるのも気が引けて仏壇に供えてたんだけど、どうしてだか今日、持ってきちゃったの」

母は照れ臭そうに言った。

警察から電話があって、ひどく驚いただろう。心配で、まず仏壇に手を合わせたのだ。そしてこれをお守り代わりに握りしめて家を飛び出したのだろう。さっきの母はまるで毒舌トキばあが乗り移ったみたいだった。

「でもこの色、赤すぎるよねえ」

母は真っ赤な口で微笑んだ。サーカスのピエロみたいな顔。わたしだって今そういう顔をしているのだ。

口紅を買うトキばあ。結局使わずに死んだトキばあ。いよいよトキばあという人がわからなくなってきた。

帰りのタクシーの中で、母は言った。

「西陣織の巾着だけど」

「ああ、あれ？　メルカリに出品したよ」

「わたしが落札していい？」

「え？」

「いいわよね？」

「どうして？」

「なんとなくね」

母はそれきり黙ってしまった。トキばあの遺品を人に渡したくないのだろうか。トキばあは父の母親だ。母にとっては姑で、厳しい人だった。死んで十七年にもなるのに、手放したくない気持ちがあるのだろうか。正子おばさんに文句を言われないよう遺品はそっとしておく、と言っていたけれど、ほんとうは自分のためなのだろうか。

母は何を考えているのだろう？

昨日までの母は、わかりやすい人だった。結婚して専業主婦になって、子育てを終えようとしていて、趣味らしいものもなく、強く何かを主張したりもせず、家事をして日々を過ごしている。わたしにとって、母は母でしかなく、壁紙のような存在だった。昨日まで、絵本の中の典型的なおかあさんだったのに、今日、飛び出す絵本のようにいきなり立体的になり、わたしを驚かせ、とまどわせた。


それにしても疲れた。

帰宅してリビングのソファに倒れこむと、眠たくてしかたなかった。片目のまぶたが腫れて、目が開きにくいからかもしれない。

疲れた。とても疲れた。

うとうとしかけた時、ふと、金魚鉢が目に入った。以前、クジラがいた場所に金魚鉢があって、中に一匹、黒い出目金がいる。

「うわっ、クジラ？」

わたしは半身を起こして、声を上げた。キッチンで湯を沸かしている母は「クジラは死んだじゃない」と庭を指差す。そう、あそこにお墓がある。

「そこにあったものがないと気持ちが悪くてね。買ってきたの」

「いつ？」

「もう一ヶ月も前よ。とっくに気付いてると思った。さっちゃん最近あまり家にいないからね」

母はいつもの口調でそう言った。

「名前は？」

「名前なんか要る？」

「あったほうが楽しいじゃない」

「さっちゃんがつけたら？」

「何にしようかなあ」

命名しても世話を忘れちゃうわたし。名前なんかなくても、世話を忘れない母。ひきこもりの娘をもって、どんな気持ちなのだろう。わたしは幼い頃から両親の意向を気にしなかった。父も母も子どものやることに口を出さないからだ。トキばあだけがうるさくて、重石になっていた。

　両親は娘のことをそれほど気にしていないと思っていた。

　三度三度ご飯を作り、風呂を沸かし、いつも綺麗な上履きをもたせてくれた母が、気にしていないわけなどないのだ。心配だからこそ、そっとしておいてくれたのだろうか。成田空港に泊まった時も「ハーイ」とメールで返事が来たけれど、内心はハラハラしていたのだろうか。応接室Bでわたしを見た瞬間、床にくずおれた母。

　わたしは自分の無神経が恥ずかしい。

　母はわたしを想っていたのに。

　通夜女は太陽を想っていたのに。

　わたしは自分のことしか想っていなかった。

　罪悪感を手に入れたら、人生はとたんに苦くなった。

卒業

探した。

本日、飛合斎場では通夜が五件あった。式場をひとつひとつ覗いて、眉間にほくろのある老婆を探した。

男の子を救うことはできなかった。でも、あの老婆に帰る家を見つけることはできるのではないか。本人があのままでよいと思っていても、あのままではよくないとわたしが思うので、やれることはやってみようと考えた。

もう後悔したくない。ううん、後悔なんてどの道味わう。ならば、「やって後悔する」ほうを選ぼう。「やらずに後悔」は腐るほど経験したから。

駐車場のサクラ・コムのマイクロバスが目に入ったが、今日のわたしはひるまない。遊びに来たのではなく、老婆を探すために来たのだ。目の腫れが引くのを待っていたので、警察騒動後二週間が経過していた。アザは青から紫に変わり、今はうっすらとした黄色いシミがまぶたに残っている。

アザは変わる。わたしだって変われるはず。

通夜式を覗いて歩いたが、姿が見えないので、二階へ上がってみた。まだお浄めの席には誰もいなくて、食事の用意もこれからのようで、スタッフがテーブルを配置したり、マスクをした調理人たちがワゴンを移動していた。

「ひさしぶり」

声をかけられた。ケーキ屋だ。

「最近見ないから心配していました。これ、新作ケーキなんですけど」

ワゴンには同じケーキばかりがいくつも載っている。一見すると白いスクエアケーキ。チョコシロップで描かれたラインが個性的だ。

「香典袋のデザイン？」

「当たり。こう見えて味もいけるんですよ。味見していただけますか？」

「通夜女を知らない？」

ケーキ屋が答えようとした時、カッカッカッと背後から足音が聞こえた。振り返ると、背の高いボブヘアの女がこちらに向かってまっすぐに歩いてくる。通夜レディの西めぐみだ。

通報されたっていい。もうほんと、自分のことはどうでもよくなっていた。

西めぐみは至近距離で足を止めると、わたしを見下ろして言った。

「通夜女を見なかった？」

ドキッとした。今、たしかに「通夜女」と言った。ちらっとケーキ屋を見ると、小さく頷いている。香典泥棒ではなく通夜女であると、説明してくれたのだ。

「聞いてるの？　通夜女よ、いつもあなたと一緒にいるでしょ」

わたしは首を横に振った。

「あのひとの連絡先は？　名前を教えてちょうだい」

「知らない」

連絡先を知っていたら苦労はしない。名前も知らないし、住所なんてない。公園の場所は教えてあげない。

「ふざけないで！　あなた弟子でしょ？」

西めぐみは頭に血が上ったようで、こめかみの血管が浮いている。美人が怒ると恐ろしい。さすがにびびる。でも不思議なことに、皮肉を構築する余裕がわたしにはあった。

「あなたこそ知ってるんじゃないですか？　橘のおばあちゃんって呼んでたじゃないですか」

西めぐみはしばらく無言だった。やがて肩をそびやかすと、くすりと笑った。片えくぼができ、とたんに親しみを覚える顔になった。

「彼女に伝えて。連絡ちょうだいって」

名刺を渡された。サクラ・コム代表取締役社長と書いてある。

周囲が騒がしくなってきた。お浄めの準備が着々と進んでいるようだ。西めぐみに促され、スタッフルームへ移動した。珈琲と香典ケーキがわたしの前に置かれた。

「クレームが多いのよ。わたしたちのサービス」

西めぐみは落ち着いた口調で話し始めた。

「マーケティングは充分やったし、接客のノウハウも訓練して、精一杯やってるの。でも、もうひとつなの。通夜女の力が必要なのよ」

香典ケーキを食べながら、西めぐみの長い話を聞くことになった。


この斎場で一週間前に盛大な葬儀が行われたそうだ。

一週間前と言えば、わたしの目の腫れがまだ紫色で、ずきずきと痛みを伴っていた頃だ。

斎場は貸し切られた。お浄めのホールは仕切りが取り払われ、創業以来これほど贅を尽くした葬儀はなかったと支配人がうなるような規模だったと言う。

喪主は古くから北関東を仕切っている暴力団の七代目組長で、亡くなったのは四人目の妻。二十も年下の美人で、死因は癌だという。組は代々懇意にしている寺で葬儀を行ってきたが、今回は特別に、妻が好きだったロックミュージシャンの葬儀が行われた飛合斎場で行うことになったらしい。

全国からこわもての弔問客が訪れる。人数的にはサクラの出る幕ではないものの、あちらの世界では、人の数で組の権威が決まるそうだ。葬儀社の意向で、通夜レディが総出でサポートすることになった。あちらの世界は序列が命。花輪を並べる順番にも細心の注意が払われた。

七代目は相撲取りのような巨漢で、頬に刀傷があり、いかにもその道のドンという見た目でありながら、絶えず涙ぐみ、憔悴しきっていた。

組員たちの話によると、「元アイドルの妻を娶《めと》り、骨抜きにされてしまった」ようで、挙句死なれたので、「この先組をまとめてゆくのは困難だろう」「でも若があれではなあ」と、みなが先行きを案じていた。

若というのは七代目の息子で、まだ五歳。母親の死がわからず、ひどく退屈そうで、泣いている父親の横であくびをしていたという。

前妻たちにもそれぞれに子がいたが、亡くなった妻が「すべての子と縁を切ること」を結婚の条件にしたため、数年前に組の幹部が手切れ金を渡し、絶縁状を交わしてしまったらしい。だからその男の子が唯一の跡取りなのだそうだ。

西めぐみは男の子を喜ばせようとケーキを勧めた。すると七代目が血相を変えて西めぐみを怒鳴りつけた。

「お前、北川《きたがわ》一家のまわしものか！」

七代目は脇差しを西めぐみに向け、吐き捨てるように言った。

「うちの坊主が卵アレルギーと知っての仕業だな？」

とんでもない、と西めぐみは必死に釈明した。

「わたしは生前奥様にお世話になったもので、北川一家なんて聞いたこともありません」

コンパニオンだということは口が裂けても言わない。それが葬儀社との契約であり、派遣業の矜持《きょうじ》でもある。

七代目は素人の苦し紛れの嘘に騙されるはずもなく、「妻と仲が良いなら、うちと北川の抗争を知らないわけはない」と怒り心頭であった。

「跡取りに手をかけようとは、ふてえ女だ」

七代目はテーブルを蹴り飛ばした。

恐れをなした通夜レディたちは悲鳴を上げて逃げまどい、七代目は「みな捕まえて売り飛ばせ！」と命じた。

組員たちは「おやっさんがやっと正気を取り戻した」と頼もしく思い、通夜レディを逃すまいと出口を塞ぎ、刃物を振り回した。在りし日の任侠《にんきょう》映画のような騒ぎになったという。

西めぐみは一一〇番通報を迷った。客を警察に売るのは派遣業の仁義に反する。が、怪我人や死人が出てしまったら、会社は信用を失い、潰れてしまう。

「わたしにもいろいろあってね」

西めぐみは珈琲を口に含むと、微笑んだ。

「学生時代に就職活動で躓《つまず》いたのよ。突然の就職氷河期でね、ひとつ上の先輩たちは楽勝だったのに、成績オール優のわたしが面接までこぎつけない。わたしが行きたかった会社なんて、採用ゼロよ。社会情勢で人生が流されちゃうなんて、我慢できなくてね。一流企業に派遣社員として入り込んだの。それからは奴隷のように働いた。いつかは正社員にと歯をくいしばって働いたけど、組織って、人の能力の見極めなんて、してくれないの。年下でコネ入社のぼんくら正社員がいてね、彼の尻拭いをしてやっても、ボーナスを貰うのはわたしじゃなくて彼。徒労感に飲み込まれそうになった。けれど、投げずに働いたわ。

わたしはちゃんとしている、わたしは正しい、その自負だけが支えだった」

西めぐみはすごい。わたしにはできない。そんなこと。

「そのうちにね、終身雇用ではない働き方にも良さがあると気づいたの。行く先々で様々な経験ができるし、自分の力を試すことができる。派遣業に誇りすら感じるようにもなった。そこで、派遣に人権を取得すべく、二年前に貯金をはたいて会社を設立したの。雇ってくれないなら、自分で会社を作っちゃえ、ってね。人材派遣の新しい立ち位置を模索中なのよ」

今会社を潰すわけにはいかない、そう西めぐみは考え、警察に通報しようと決意した。その時、七代目の息子がテーブルのケーキに手を出し、ひとくち食べてしまった。舎弟のひとりが気付いて「ぼっちゃんが！」と叫ぶと、七代目は顔面蒼白《そうはく》となり、床にへたり込んだそうだ。

「その時、通夜女が現れたのよ」と西めぐみは言う。

床から湧いてきたようにすうーっと現れて、「落ち着け、平蔵《へいぞう》」と七代目を一喝。ホールは静まり返った。

通夜女はへたっている七代目から脇差しを奪い、あざやかな手つきでケーキを小さく切ると、男の子に差し出した。

男の子はケーキをぺろりと食べ、「おとう、うまい」と言ったそうだ。

「安心しろ」

通夜女は七代目に微笑んだ。

「この会場にあるケーキはすべて卵を使わずに作ってある。ちゃんと坊のことを調べて、ケーキ屋が特別に作ったんだぞ」

七代目はふうっと大きく安堵のため息をついた。

通夜女は遺影を見てこう言った。

「ヨシエのことは残念だった。すばらしい女性だった。よき母親で、よき妻だった。ヨシエはいつも言うとったぞ。坊には公務員になってほしいとな」

「公務員？」

七代目はぽかんと口を開けた。

驚いたのは七代目だけではない。舎弟らはみな顔を見合わせ、「聞いたことねえぜ」「よりによってうちらの敵《かたき》じゃねえか」と囁《ささや》きあった。

「組は別のモンに譲って、あんたは堅気のパパになれ」

通夜女は七代目に諭すように言った。

舎弟たちは困惑顔であった。

「おかみさんは坊ちゃんをほったらかしてバカラ賭博《とばく》にハマってたよな」

「けど七代目が組長の座から降りてくれればこっちもチャンスだぜ」

西めぐみの耳には様々な囁きが入ったが、七代目は涙にくれながら、「あなたは、どちらの？」と通夜女に尋ねた。

「ヨシエの里のものだ。あの子も幼い頃は苦労をしたが、最後は運命の人と出会って幸せな人生だった。ありがとな、平蔵」

通夜女は七代目の肩をぽんと叩いた。

すっかり毒気を抜かれた七代目は西めぐみに近づいて、「すまんかったです」と頭を下げたのだそうだ。その後西めぐみは通夜女を探したが、大勢の人に紛れて見つけることができなかった。

西めぐみはしみじみと言う。

「おそらく通夜女は何も知らなかった。喪主と故人の名前しか知らなかった。わたしは彼女よりも顧客情報があった。なのに対処できなかったのよ」

西めぐみは自分に言い聞かせるようにこくんと頷いた。

「要するにデータではない。もちろんデータは必要だけど、量ではない。たったひとかけらの情報でも、それを咀嚼《そしゃく》して効果的にアウトプットする力が必要なの」

それはわたしも思っていた。通夜女にはどうしてそれができるのだろうと。

西めぐみはわたしに問う。

「彼女とわたしの違いが何だかわかる?」

ううむ。西めぐみと通夜女はあまりにも違いすぎて、共通点のほうが少ない。とりあえず当たり障りのないことを言ってみる。

「彼女は歳を取っています」

「そうよ、そこなのよ」と西めぐみは言った。

「彼女は長年人間をやってきて、人の心の機微をうまくつかみ、アドリブで場を収める。その技量は比類ないものよ。おそらく彼女、なみなみならぬ修羅場をくぐってきたはず」

西めぐみはわたしを見つめた。

「通夜女の立ち居振る舞い。それが通夜レディには必要なの。講師として雇いたいのよ。だから、あなたにこうして頼んでいるわけ」

西めぐみは手を合わせた。

葬儀場で手を合わせられると、仏になったような気になる。

「そういうことなら、伝えておく」

西めぐみはにっこりと笑った。

「よかったら、あなたもうちに来ない？　ふたりまとめて雇うわよ。そう悪くない条件で」

あっ、と息を飲む。何も言えずにいると、「頼んだわよ」と肩をぽんと叩かれた。そして西めぐみは部屋を出て行った。

ぽかーんとした気分になった。

あっさりと、あまりにもあっさりと、就職のめどがついた。香典ケーキを食べる前のわたしは、無職のひとだった。就活という椅子取りゲームに負け、ぐるぐる歩き回るしかなかった。食べたあとのわたしには椅子がある。差し出された椅子が、見えるのだ。

なんてことだ。西めぐみ、あなたはとんでもないカードを切ってみせた。それがわたしにとってどんなに貴重なカードか、切った本人は気づいてないだろう。

さっきまでの自分がかわいそうになった。居場所のない自分が。

椅子さえあればと思っていた。

それさえあればすべてがクリアになると思っていた。

家にこもっていた時も、通夜に通っていた時も、そういう頭があった。

切望していたものがようやく手に入った。なのにこのぽかんとした気持ちはなんだろう？　うれしいはずなのに、喜ぶべきことなのに、実感がない。社会人というものになれるのだ。やっとスタートラインに立てるのだ。それは確か。でも、ふたりでセットなのである。西めぐみはあくまでも通夜女と弟子のわたしをセットで雇うと言っているのだ。

まずは通夜女を探さねば。

もともと探していたのだけれど、ますます探さなければ。

今夜の飛合斎場の通夜は五件だが、人数を定めないお浄めの席は二件だけで、片方の大ホールには西めぐみがいたから、わたしはもうひとつの中ホールを覗いてみた。三十人ほどの人たちがすでに飲食をしている。通夜式には出ていないので、いったい誰が亡くなったのか、男か女か大人か子どもなのかもわからない。喪主はどなた？　わからない。

それでも遺族と弔問客の区別はなんとなくついた。表情や姿勢でわかるのだ。通夜のプロとまではいかないけれど、セミプロくらいにはなってきた。サクラ・コムに入社しても少しは役に立つだろう。

ケーキ屋の青年を見つけて、ほっとした。ケーキを配り終え、空のワゴンを引いてきたタイミングで話しかけた。

「香典ケーキ、おいしかったです。ほんとうにおいしかった」

嘘ではない。今までよりはおいしかった。

「そうですか、良かった。実は今、サクラ・コムさんと共同開発していてね」

なるほど、だからか。サクラ・コムはやはり優良企業で、これから伸びていく会社なのだ。椅子のありがたさが心に沁《し》みる。入社したらこの人とも関係が続くのだ。心強い。

「通夜女を知りませんか？　今日は来ないのかな」

「あちらにいらっしゃるじゃないですか」

青年はひとつのテーブルに視線を移した。

え？

ほんとうだ。弔問客に紛れて通夜女がお茶を飲んでいる。

「見えなかった。おかしいな」

さっき見た時にはいなかった。そこには別の人が座っていたように思う。でもたしかに通夜女だ。なんだかキツネにつままれたような気分だ。探していたものが、ふっと見つかる。就職先も通夜女も。こんなラッキーがあってよいのだろうか。

近づいて「お久しぶりです」と言ってみる。周囲に不審がられないよう、さりげなく。

通夜女はわたしを見上げて、「どちらさま？」ととぼけた顔をした。

さあ、どこから話そう？

仕事が見つかったと言ったら、どんな顔をするだろう？　まずは怪訝《けげん》な顔をするだろう。

変化は誰でも苦手だ。でも、変わらなくていいのだ。あなたは通夜女のままでいい。あなたはあなたのままで価値があるのだ。あなたの人生に支払われるお金だ。そのお金でアパートを借りることができる。これで堂々、好きなものを食べられるし、毎日あたたかいお風呂にも入れる。

わたしは太陽を救えなかった。けれど目の前の彼女を救うことはできる。

さあ、話そう。うまく話そう。プライドを傷つけないように、慎重に。

「わたしですよ、師匠。通夜女二号です」

はずむ気持ちを抑えつつ声をかけたが、通夜女は黙ってお茶を飲んでいる。

「ビールはいかがですか？」

わたしは瓶を持ち、彼女の向かいに腰を下ろそうとした。その時だ。

「その資格はない」と通夜女は言った。

資格？

「座るな」と言われたように感じた。瓶を持ったまま立ちすくみ、通夜女を見下ろした。

座る資格がない？　どういうこと？

通夜女は顔を上げ、わたしを見た。以前とは違う、冷たい視線だ。

静かな時間が流れた。一分なのか十分なのか見当もつかないけれど、わたしにはとても長く感じられた。

「通夜女は不幸を背負っていないといかん」と通夜女は言った。

「周囲が悲しみに暮れている時に幸せな人間が混じるのは最大の礼儀知らずだ。悲しみを背負っていること。これが通夜に同席する条件なのだ」

「師匠……」

あなたは悲しみを背負っているの？

「去れ」

通夜女は乾いた口調で言った。扉を閉めようとしている。ならば、こじ開けなくては。

「師匠、あなたが背負っている悲しみは何？　名前を教えて。家族に連絡とりましょう」

「家族などおらぬ」

「聞いてください。西めぐみがわたしたちを」

「とっとと去れ！」

通夜女は怒鳴った。腹の底から響くような声だ。周囲の人々がいっせいにこちらを見る。

鼻先で扉を閉じられた。どうすればいい？　言い返す言葉を探している間に、通夜女は立ち上がった。

「みなさん！」

よく通る声で、まるで政治家が街頭演説をするように話し始めた。

「この若い女はひやかしでここに来ています！」

周囲はざわついた。

「趣味です。みなさんの不幸をあざ笑っているのです！」

人々の視線がわたしを刺す。ケーキ屋の青年がびっくりしたようにこちらに走ってくる。

不思議なことに、わたしは落ち着いていた。

「みなさん！　ここにいる女は他人の死を笑っています！　自分の幸せを確かめるために、人の不幸を利用しているのです！」

その老いた体のどこからそのような声が出るのか、まるでサイレンのように、彼女の声はホールに反響した。

わたしは一生忘れないだろう、彼女の叫びを。

他人の死を笑っています！

人の不幸を利用しているのです！

わたしは瓶をそっとテーブルに置くと、通夜女に背を向けた。そしてゆっくりと歩いた。冷たい、矢のような視線を背中に感じながら、ホールを出、階段を一段一段、踏みしめるように下りた。エントランスの大理石の床がわたしを迎えた。シャンデリアの柔らかな光に包まれながら、歩を進める。罵倒《ばとう》されたのに、はなむけの言葉を受けたように、わたしは胸を張っていた。


日が暮れていた。ひんやりと肌寒く、吐く息が白い。

歩いた。門を出てひとり、前だけを向いて歩き続けた。頭の中はからっぽだった。悲しみはなく、ただ、終わったのだと感じた。ひとつの何かが終わったのだ。だから歩くしかないのだ。戻れない。前の道しか見えない。後ろは見ない。何も考えずに歩くだけ。

澄んだ空気が胸を冷やしてゆく。黒い肺が洗われてゆく。

すべてが夢だったような気がしてきた。背中の向こうに夢の世界があって、わたしは夢から覚めるためにこうして歩いているのだ。

車の往来は激しいのに、音を感じない。

寂しいのに、苦しくない。ひとりぼっちなのに、清々しい。あらゆるものから解放され、ひどく身軽だ。

もう少しで駅というところで、ふいに膝から崩れ落ちた。痛みは感じず、むしろアスファルトの冷たさが心地よい。

空を見上げると、星がいっぱいだ。ほんとうに、綺麗。

あれれ、星がにじみ始めた。

「バイバイ、通夜女」

六年後

正子おばさんが死んだ。

享年六十三。トキばあの娘は母親と同じ歳に心停止という同じやり方で人生を閉じた。

喪主は正子おばさんのパートナーが務めることになった。

搬送先の病院で初めてその人と会った。

正子おばさんより七つ年下の女性で、職業は新聞社所属のカメラマン。名前は野田阿佐《のだあさ》美《み》さん。医師による死亡確認の直後で、目を真っ赤に腫らし、ラフなホームウエアを着ているのにスタイルの良さが際立っていた。

彼女が正子おばさんの急変に気づいて救急車を呼び、身内に連絡をくれたのだ。連絡をもらった時は「救急外来で処置中」だったのに、わたしと両親が駆け付けた時は既におばさんは地下の霊安室に移されていた。

病院の霊安室に入るのは初めてだ。そこは三時間しか使えないと病院側から言われた。葬儀社には連絡済みで、時間内に迎えに来るという。

殺風景な個室にお香が焚かれていた。

正子おばさんの顔にかけられた白い布を阿佐美さんがはずしてくれた。苦痛はなかったのだろう、ゆがみはなく、すっきりと整っていた。眠るような顔という表現をよく耳にするけれど、わたしにはそうは見えず、生と死のあきらかな違いを見せつけられた思いがした。

正子おばさんの体は物体と化した。確かにそれは正子おばさんの顔に違いないのだけれど、魂はもうそこにはいないとわかった。こういう時、何かしら宗教をもっていれば、「おばさんは今、これこれこういう状態なのだ」と納得できるのだろうけれど、わたしは「死んじゃった」と思うのが精一杯だった。夜の海の底に沈んでゆくような、静かで確かな恐怖を感じた。

「いったんうちに正子ちゃんを連れて帰りたい」と阿佐美さんは言った。

五十を過ぎた女性が還暦を過ぎたパートナーをちゃん付けで呼んだのが印象的だった。その好奇の感情は、海底に差す一条の光に思えた。

葬儀社の車が遺体を迎えに来て、住んでいた家に戻されることになった。阿佐美さんが遺体に付き添い、わたしと両親はタクシーでその車を追った。

「姉さんのうちへ行くのは初めてだなぁ」と父は車内でつぶやいた。

正子おばさんと父が姉弟であるとその時初めて実感した。光り輝くキャリアの持ち主の正子おばさんと、ことなかれ主義に見えるおっとりとした父。同じ親のもとに生まれ育ち、おやつを分け合った過去があるなんて、娘のわたしには想像しにくい。

姉弟が死ぬって、どんな心持ちなのだろう？　小太郎が死んだら、わたしは悲しむのかな？

高級住宅街にその家はあった。

御影石《みかげいし》の外塀の中へ入ると、白い石畳のアプローチがあって、玄関は格子戸だった。センスの良さがうかがえる和洋折衷の造りだ。

葬儀社のスタッフは手際よく正子おばさんをベッドに寝かせ、ドライアイスをタオルで包《くる》んで体の両脇に置き、その上から布団をかけた。顔には白い布をかけ、「乾燥しないようにこうしておいてください」と言って引き上げた。体を拭き清めるなどの一切はすでに病院でなされていた。

わたしたちは正子おばさんが寝ているそばで阿佐美さんから話を聞いた。

阿佐美さんには夫がいて、三人の子どももいるそうで、でも戸籍上の家族とはかれこれ二十年近くも別居しているそうだ。

「子どもたちとは時々会っています」と阿佐美さんは言った。説明している間も阿佐美さんははらはらと涙をこぼした。

わたしは正子おばさんの顔にかけられた白い布を見ていた。万が一にも息を吹き返したら、動くはずだから。

正子おばさんは人気者だ。親族の中で彼女を悪く言う人はひとりもいないし、友人も多い。だからみんな突然の死にうろたえるだろうし、わたしも衝撃を受けた。でも親族の誰もが阿佐美さんほど打ちのめされないだろうとその時感じたたし、実際そうだった。一緒に暮らすということは、かように大きなことなのだ。

阿佐美さんが預かっていたエンディングノートは父に渡された。葬儀の段取りや財産分与については、正子おばさんが事細かに書き残してくれていて、それに従って進めれば良いようになっていた。

正子おばさんは退職したあとも海外旅行へ行ったり、ゴルフをやったりと、華やかに過ごしていて、満ち足りた人生だと誰もが思っていたから、「結婚しないの?」などと野暮な質問をするものはいなくて、正子おばさんも「パートナーはいます」と公言していた。けれど、それが女性だとは思っていなかった。阿佐美さんの存在は、わたしたちにとってセンセーショナルなものだった。

「パートナーと言っても愛人ではありません」

阿佐美さんは洟をかみながら言った。

「親友というか、同志みたいな存在です。互いに若い頃は異性の恋人がいたけど、歳を重ねるほどに恋愛は要らなくなって、親友だけが残りました」

父はわかったようなわからないような曖昧な顔をして、はいはいと頷きつつ、喪主の座を譲った。エンディングノートに喪主の指名はなかった。けれども、それが妥当だとわたしたちは思った。母も横ではいはいと頷いていた。それは実のこもった「はいはい」で、「そういうの、わかるわかる、わかるわあ」という顔をしていた。

阿佐美さんと正子おばさんは、病める時も健やかなる時も支え合っていたようだ。住まいを見ればそれとわかる。寝室は別で、あとは何もかも家族のように共有していた。

キャリアウーマンというと、もっとドライで、「元気な時は共に過ごすけれど、看病や介護は一切しない」というクールな線引きがありそうなものだが、彼女たちは違った。肉親以上にもたれ合いながら、生きてきたのだ。親友であり、姉妹であり、人生を共に戦った戦友だ。性を超えた愛だと思う。

子どものいない正子おばさんは遺産のほとんどを弟であるわたしの父に託した。阿佐美さんに譲ったのは衣服や身につけていた貴金属だけ。

死後、親族に彼女が悪く思われないよう、正子おばさんがそのように差配したのだろう。ふたりで暮らしていた家は半分は正子さん名義で、それが父名義になるが、「気にせずにそのままお暮らし下さい」と父は阿佐美さんに伝えた。家半分の相続税は正子おばさんが遺した預貯金で賄える額だ。それを差し引くと残ったお金は微々たるものであった。託された人間が税に悩まぬよう、上手に散財しながら生きてきたのだろう。

葬儀の日取りを決め、連絡の分担を終え、わたしと両親はおいとますることにした。

正子おばさんの顔にかけられた白い布は微動だにしなかった。


「これから先、ひとりで、どうやって生きたらいいのか」

通夜は二日後に行われ、そのあとのお浄めの席でも、阿佐美さんはさめざめと涙をこぼした。戸籍上ではあるけれど、子どもも夫もいるのに、彼女はまるきり絶望していた。正子おばさんとの強い結びつきがしのばれた。阿佐美さんを見ていると、人との絆が怖くなる。

そういうわけで今、わたしは飛合斎場のホールにいる。

堂々と、というのも変だけれど、親族としてお浄めの席にいた。ひとりにつき一膳という、最もポピュラーな形式だ。通夜レディも通夜女も入り込めない空間である。

正子おばさんが指定した飛合斎場は、通夜女との思い出深い場所である。そしてお浄めの席は因縁の中ホール。

通夜女はここで、人々を前にして、わたしを断罪した。

「他人の死を笑っています！」

「自分の幸せを確かめるために、人の不幸を利用しているのです！」

そうしてわたしを卒業に追い込んだ。通夜通いから足を洗わせたのだ。

あれから六年。

飛合斎場は内装も外装も当時と変わらない。わたしの身長も体重も変わっていない。ただ、歳はくった。わたしは三十路《みそじ》。通夜を趣味にしていたあの頃はたったの二十四歳。それなのに当時は終わった気でいた。今はむしろ自分が若いという自覚がある。人生これからだと思う。これからだからこその怖さもある。

それにしても賑やかな席だ。

正子おばさんも阿佐美さんも交友関係が華やかだから、弔問客に活気がある。打ちひしがれている人は喪主だけ。

死んで悲しむ人が少ない、というのは、おばさんの人徳のような気もする。

「なんだか結婚披露宴みたいに華やかねえ」と母がつぶやいた。

料理は高級料亭の仕出し弁当で、ふんだんにあり、どれもが不謹慎なほどおいしい。

弟の小太郎はわたしの向かいの席でもくもくと食べている。彼の隣に輪子ちゃんの姿はない。小太郎は今も大学にいて、研究職として給料を貰う立場にいる。あと二年ほどで准教授になるらしい。キャリアは盤石《ばんじゃく》である。

輪子ちゃんとは離婚した。りんりんサイクルを継ぐ話もなくなった。この展開に一番びっくりしたのはわたしかもしれない。

ふたりの間には五歳になる輪太郎《りんたろう》という男の子がいる。親権も養育権も輪子ちゃんが持つことになった。一年前にそれらのことがダダダダッと起こった。どろどろな葛藤は周囲には見えず、あっという間に結果が出たという印象だ。

竹を割ったような離婚劇。

なぜ別れることになったのか、ふたりとも説明をしなかった。ただ結果だけを聞かされた。輪子ちゃんのおとうさんは、今では孫の輪太郎に店を継がせたいと言っている。あちらの両親はこの件で小太郎を責めないし、うちにも文句を言ってこない。離婚理由がわからないからだ。

わたしは知っている。

小太郎が教授の娘に目移りしたのだ。結婚式で主賓の挨拶をした青柳教授の長女に。小太郎を問い詰めたら白状した。

なんたる陳腐。

小太郎はその女とつき合うようになり、服装が派手になり、風貌が変わった。今は大学近くのマンションでその女と暮らしている。入籍はしていない。養育費を払い続ける小太郎を伴侶にする勇気がその女にないのだろう。

うちの父と母は「原因は息子にある」と気づいており、輪子ちゃんに申し訳ないと嘆いていたけれど、わたしは弟にむしろ人間味を感じた。やっとほころびを見せてくれたじゃないか、と。

同時に、人間は信用できない、とも感じた。

お子ちゃまチャリに六年間乗り続けた小太郎をわたしは誰よりも信用していた。教授が彼を大学に残そうとしても、無理だと思った。りんりんサイクルの店主になると確信していた。認めたくないけれど、わたしはまっすぐな小太郎が好きだった。ピュアな弟を誇りに思っていたのだ。

小太郎は姉の信用を裏切り、多くの人が選ぶであろうエリート街道に乗っかった。この陳腐な顛末《てんまつ》を、人間の面白さだと思う一方で、寂しくも感じる。

これが人間の限界なのかもしれない。人間はしょせん美しい物語を描けないのだ。小太郎は名前通りの小さな世界に収まってしまった。今後仕事でどのような成果を上げようと、わたしはもう彼にまぶしさを感じないだろう。ノーベル賞を受賞したとしても、だ。

輪子ちゃんもおじさんおばさんも、わたしや母が輪太郎に会いに行くことは歓迎してくれていて、今も両家のつきあいはある。それはそれ、これはこれとわりきった、あっけらかんとした関係だ。海野家の人々は魂に陰りがない。こういう出会いは稀有《けう》だと思う。両家を結びつけたのは小太郎なのに、真っ先に輪を抜けたのは小太郎だ。

弟は常に開拓者なのかもしれない。

母がわたしの耳元でささやいた。

「ねえさっちゃん、このまるっこいチョコケーキ、なかなかよ」

え？

「形が変だけど味がいけてるわ。口の中でふわっと溶けるの。こう、メレンゲみたいに」

母が唇を茶色くして食べているケーキを見て、わたしはどきりとした。

形が妙だ。よくよく見ると、木魚ではないか！

当時はウンチに見えたけれど、今はちゃんと木魚に見える。母にはわからないだろうけど、わたしにはわかる。

通りかかった斎場スタッフに尋ねた。

「このケーキの会社の人は来ていますか？　若い営業マンさん、いますか？」

スタッフはえーと首をかしげた。ベテランぽい女性なので、彼女が知らなければ他から聞き出すのは無理だろう。

わたしは脳内で検索エンジンをフル回転させて、「たしか、そう、スマイルケーキとかいう会社の」と言うと、「違います」と言われた。

「うちがお取引しているのはニコニコケーキランドさんです」

「そうそれ、ニコニコケーキランドの営業マン」

スタッフはいぶかしげな目をして「営業のかたの出入りはありません。課長さんでしたら顔を出されることがありますが」と言った。

なるほど。もうあの青年が担当ではないのだ。六年も経てば異動もあるだろう。そもそもあれは企画の売り込みだった。契約が成立したら、営業マンが来ることはないのだろう。

わたしも多少は社会の仕組みがわかるようになってきた。

席に戻り、ケーキをゆっくりと味わう。

六年前は奇妙に感じたけれど、今はケーキがこの場に馴染んでいると感じる。親族はみな疲れているから、甘いものはありがたいし、味も形も数段よくなっている。そう言えばあの青年の名前を知らない。とうとう聞く機会を持てなかった。時は無慈悲に流れ、取りこぼしたものは二度と手に戻らない。

「明日もあるから、そろそろ帰りましょう」と母が言った。

気がつくと、人はまばらになっている。本葬は明日だ。帰宅して少しは寝たほうがいい。ホールを出て階段を降り、一階のエントランスに着くと、母は「もう一度正子さんの顔を見てくるわ」と言って、遺体が安置されている式場へと戻った。父はお浄めの席には来ず、ずっと正子おばさんに付き添っている。ひと晩ここに泊まる予定だ。喪主の阿佐美さんが疲れ切っているので、明日のために寝かせてあげたいのだろう。

ひとりエントランスのソファで母を待っている間、わたしは落ち着かない気分になった。つい目が通夜女を探してしまうのだ。ひょっとしてと思い、トイレを覗きに行った。いない。

広いエントランスを回遊魚のようにうろついた。

通夜女は探すと見えないのだ。前からそうだった。

弔問客はすっかりいなくなり、エントランスは静まり返っている。ここをひとり去った時を思い出す。もう二度と来るまい、と思いながら歩いた。あれはまさに、卒業だった。

しかし今はそれも夢だったような気がする。わたし、本当にあんなことをしていたのだろうか。通夜に遊びにくるだなんて、不謹慎すぎる。

足音が聞こえた。

振り返ると、向こうから男性が二人並んで歩いてくる。

ひとりは葬儀社の人で、父と打ち合わせをしていたから顔を知っている。もうひとりも見覚えのある顔だ。

懐かしい顔に胸が締め付けられる。青年というには貫禄がある。太ってはいないけれど、あの頃よりも堂々として見える。胸があたたかいお湯で満たされる。

ケーキ屋さん。

課長って、彼のことなのかな。こんなに若くてもう課長だなんて、ケーキの企画、当たったんだな。

彼が存在することで、六年前の自分はたしかにここにいたのだと思えた。不謹慎な日々を過ごしていたこと、やはり現実だったのだ。よくない自分だけれど、なかったことにはできないし、したくない。

男性はわたしの前を通り過ぎた。数メートルほど離れてから足を止め、ゆっくりとこちらを振り返った。それから目を逸《そ》らし、先へ行きかけたが、再び振り返り、今度はしっかりとわたしを見て、「通夜女さん？」と言った。

結局、父と母はふたりとも斎場に泊まることにしたと言う。

わたしは時尾悠介《ときおゆうすけ》と二階に戻って、スタッフルームで珈琲を飲みながら話をした。

今やニコニコケーキランド株式会社販売促進部ケーキ課の課長さんだ。名刺をくれて、やっと名前を知った。助手席に乗せてもらったし、旧知の仲と言えなくもないのに、互いに初めて名前を知った。

「ケーキ、前よりかなりおいしくなっていますね」

「日々是前進ですよ」と時尾は微笑んだ。

やはり良い顔をしている。目鼻立ちがはっきりくっきり。俳優というよりも、大型衣料品店のチラシに載っていそうなモデル顔。案外こういう顔って女性にはモテない。整い過ぎているし、濃すぎるのだ。なにしろ髪型がいけない。きっちりと七三に分けて、あまりに昭和な感じ。助言してくれる人、いないのかな。おっさんばかりの会社って言ってたっけ。女性社員がいないのかな。

あいかわらず人の良さそうな話し方で、たたずまいに色気は皆無。結婚指輪はしていない。正子おばさんみたいに「パートナーはいます」系の人なのかもしれない。人は見かけではわからない。

「あなたは……ええと、仁科さんは、あの時は学生さんでしたね」

「いいえ。学生ではありません」

「てっきり学生さんだと思っていました」

「社会人でもなかったんですけどね」

「急に来なくなったから、どうしているかと心配しました。あんなことがあったから」

通夜女がわたしを断罪した時、彼はあわててこちらに走ってこようとしていた。その時の時尾の顔ははっきりと記憶にある。純粋に心配してくれている、そんな顔をしていた。

「わたし、かわいそうでしたよね。この女はひやかしです、みなさんの不幸を嘲笑《あざわら》っていますって、さんざんな言われ方でした」

「お気の毒でした」

わたしは首を横に振った。

「卒業させてくれたんだと思います」

「卒業？」

「不謹慎な日々から、卒業させてもらったんです」

時尾は「そう」とだけ応え、それ以上踏み込んでこなかった。

彼は何事も悪い方へ受け取らない。相手の弱みを知っても攻撃しない、やさしさがある。

一緒にいると、わたしは自分の心持ちに正直に振る舞える。

今って、隙あらば他人を攻撃する時代だ。自分を正当化するには周囲をやりこめなければならないと多くの人が思い込んでいる。わたしもそのひとりだ。

彼は違う。あの時、都市伝説と言って、通夜女とわたしを見逃してくれた。そう、たぶん、見逃してくれていた。そういうのは徳と言ってもいい、彼の美点だと思う。

境遇を嘆かず、毒を吐かず、目の前の道を歩く。近道をせず、走らず、ただただ歩く。彼のような人が結果的に美しい物語を描くのかもしれない。

小太郎は変わったけれど、この人は変わらないかもしれない。

「あれからわたし、忙しかったんですよ」

「そうですか」

時尾は微笑んだ。こちらに踏み込んでこないのが、今日は少し物足りない気分だ。

「新聞配達をしていました」

「え？」

あ、ちょっと動揺した。興味をもってくれたかな。

「紙の新聞を人のうちに届ける仕事です」

「それは……もちろん……知ってるけど」

「ジムに行くよりも体を作れますよ」

わたしは微笑んで見せた。

そう、わたしは通夜卒業後、まずは新聞配達のアルバイトを始めた。通夜通いと真逆なことをしようとしたら、自然とそういう選択になった。夜ではなく朝の活動。趣味ではなく労働。早起きして体を鍛えようと思ったのだ。

もちろん、時尾の影響がなくもなかった。彼の過去を知らなかったら、新聞配達という職種が頭に上らなかっただろう。

紙の新聞の需要はまだあって、販売所は常に人手不足で、すぐに雇ってもらえた。学生アルバイトやおっさんアルバイトに混じって、早朝の仕分け作業から参加する。チラシを折り込むのが結構な手間なので、それだけのためのバイトもいた。とにかく忙しく、時間との戦いで、無駄口を叩く暇もないところが、よかった。

配達はバイクでする人もいるけれど、わたしは免許がないから自転車を使った。入りくんだ住宅街では小回りが利くし、ガソリン代がかからないので、雇用主に喜ばれた。自転車は学生時代に買ってもらったものを倉庫から引っ張り出して磨き、油をさして乗った。手入れをするだけで、気分がしゃんとした。

朝刊の仕事を終え、夕刊を配るまでの間、大学の就職課へ通い、中途採用の口がないか、相談に乗ってもらった。現況を聞かれて「新聞配達のアルバイトをしている」というと、職員は親身になってくれた。狙っていたわけではないのに、そうなった。

新卒の就職活動と違って、横並びでヨーイドンではないから、気が楽だ。卒業生として就職課に出入りをするのって、思いのほか居心地が良い。「敗者である」というあからさまな現実が、肩の力を抜くのにじゅうぶんな理由になった。

六月に募集がひとつあった。紹介された会社名を見て、驚いた。かつて一次面接までこぎつけたあの文具メーカーが一人募集をかけていた。総合職ではなく一般職で、待遇は高卒相等と書いてある。この条件では、現役大学生はまず応募しないだろう。

面接で一番右に座ったおじさんの言葉が蘇る。

「話にならない」

就職課の職員はわたしの表情を見て、「もう少し待ちますか？　秋には募集が増えますよ」と言ってくれたが、わたしは「まずはここから挑戦させてもらいます」と言った。迷いはなかった。中途採用の募集は少ない。片っ端から受けてみようと思ったのだ。

就職活動が勝負だとしたら、わたしは既に敵を知っている。失敗は生かすべきだ。今度はやりたいことをはっきり言えばいいのだ。

応募するとすぐに面接日を指定された。受験と同じで、一度落ちても門前払いは食わないらしい。

面接の日、バッグに折り紙をしのばせた。

「御社は折り紙を製造してらっしゃらないので、入社のあかつきには、折り紙の製造販売を提案したいと思っています」と発言する心積もりで面接に臨んだ。セリフは自分の部屋で何度も練習して、かなりいい感じに仕上がっていた。やりたいことがある人、と印象付けられるはず。

面接はあの時と同じ場所で、暗くて狭い階段も当時のままで、でも、面接官はひとりだった。やはり作業服を着ていたが、例の右端のおじさんかどうかはわからない。顔を全く覚えていないのだ。

二度目だから平気だと思っていたのに、面接の部屋に入ると、早々にアガってしまい、用意した言葉がすっかりどこかへ飛んでいった。気がつくと二年前と同じことをしゃべっていた。折り紙を持ってきたことなどきれいさっぱり失念し、型通りの応募動機を並べ立て、最後にこう言った。

「与えられた仕事を精一杯がんばりたいと思っています」

デジャヴだ。

自分を馬鹿だと思ったことは過去に何度もあったけれど、ここまで馬鹿だとは知らなかった。

暗い階段を転げ落ちるイメージが脳裏に浮かんだ。

面接官はにこにこ笑いながら言った。

「ではそのようにがんばってください。来週から来られますか？」

その場で入社が決まった。折り紙の「お」の字も言わずに！

ぽーっと頭の中で汽笛が鳴った。

体がふわふわした。

帰り道、風に飛ばされそうだった。体重がなくなったかのような、浮遊感。それが「うれしい」ことなのだと、その時はわからなかった。「うれしい」が久しぶり過ぎたのかもしれない。悲しさもうれしさも、経験により覚えてゆく感情なのかもしれない。

それにしても、周到に用意したものって、ことごとく意味をなさないなあ。

勤め先が決まったと伝えた時、母は「それはおめでとう」と言い、「良いお肉を買いに行かなくちゃ」とあわてたように家を出た。どういう会社だとか職種だとかは聞かれなくて、拍子抜けだった。

その夜はすきやきだった。父が帰宅するのを待って、三人で食べた。食べている途中で母は「洗濯物を入れ忘れた」とつぶやき、二階へ駆け上がって行った。「落ち着きがないなあ、おかあさん」と言ったら、父は微笑んだ。

「泣き顔を見せたくないのさ」

「泣く？　おかあさんが？」

「お前がひきこもり始めた頃、おかあさんの頭に十円ハゲができたんだぞ」

美容院で指摘されて、気づいたらしい。一時は不眠にもなり、心療内科で薬をもらっていたのだそうだ。

わたしの前では普段通りに振る舞っていたのに。

そう言えば、買い物に行く以外、母はいつも家にいた。わたしはいつ起きても母の手料理が食べられたし、通夜で夜遅くなっても、鍵を使わずに家に入ることができた。母はわたしを見守っていた？　ひょっとしたら通夜通いも気づいていた？　趣味が通夜の娘だなんて、わたしが親だったら蹴り飛ばしたい。蹴り飛ばして済まないのが親というものなのかもしれない。

入社初年度は庶務課で雑事をこなした。

トイレ掃除から備品の買い出しまで、なんでもやった。なんでもやりたかった。社会の中に組み込まれている実感。やることがあるということ。

誰にでもできることをやっている。でも、わたしがやっているのだ、という誇りがあった。わたしはサボることをしなかった。その代わり、言われたこと以上のこともしなかった。ただひたすら修行僧のように、与えられた仕事を丁寧にこなした。掃除は徹底的に、買い出しはお釣りを間違えず、電話応対は接遇マニュアルに則って、きちんとやり遂げた。折り紙を折るように、ひと折りひと折り決めごとをこなした。

二年目に「総合職の試験を受けないか」と上司に言われて、受けることとした。試験は文房具に関する小論文と役員面接だ。わたしは就職浪人中の出来事を書いた。知らない子に折り紙を折ってあげたら「すげえ」と言われて自信がもてた、と書いた。論文というより、作文だ。

その作文が社長の目に留まり、面接で社長から「なにかひとつ折ってみてください」と言われて、咄嗟に空中折りを披露した。それはわたしが入社以来休みの日にひたすら創意工夫を重ねて研究し、生まれて初めて生み出したオリジナル作品であった。

「それ、何だね？」と社長は眉根を寄せた。

「骨壺の覆い袋です」とわたしは胸を張った。

社長は虚をつかれた顔で「ほー」と気の抜けた声をもらし、わたしは総合職となった。

企画部に配属され、会社創設以来初の「折り紙係」となった。主力商品であるノート係の手伝いをしながら、折り紙の企画書を書く日々が始まった。

企画書作りは、庶務課で掃除をするよりも達成感が得にくい。正解のない課題に向かうのに慣れていないわたしは、何度も腐りかけた。

けれど会社は休まなかった。休んでもいいことないと体が覚えているので、企画書を書き続けた。エントリーシートを書き続けていた時とそう変わらない作業が続いたけれども、お給料が貰えるという違いは大きく、モチベーションを保つことができた。

去年ようやく我が社初の折り紙セットが発売スタート。オマケにつけた「不謹慎シリーズカード」にはオリジナルの折り方が一点ずつ図解されている。骨壺覆い袋、木魚、墓石、棺、などなど。

売れ行きはいまいちだけれど、販売は継続中。来年はどうなるかわからない。

友人の赤井理香子は今もオックスフォードにいて「今年も帰れない」と年に一度、メールが来る。どちらかがギブアップしそうになったら会おう、と約束をしたが、あの万引き事件以来、会ってはいない。つかず離れずの関係で、正子おばさんと阿佐美さんのようなパートナーシップとは違うけれど、結構長く続きそうな予感がする。

これらのことをかいつまんで時尾に話した。骨壺覆い袋は実際に折って見せた。折り紙はいつもバッグに数枚入れている。

時尾は「うまいものですねえ」と心から感心したようだ。

「クッキーの包装に応用できるかも」と言うので、「折り方に特許がありまして」としかつめらしく言ったら、「使用料はいくらになりますか?」と本気にしたのでおかしかった。

折り方を教えてあげた。時尾は折りながら言った。

「今夜はお身内のお通夜でしたね。御愁傷様です」

「ありがとうございます。今は課長さんなんですね。おめでとうございます」

「相変わらずケーキ業界は不況で、上がどんどん転職しちゃうから、ぼくなんぞに役職がまわってくるんです」

年齢を聞くと、わたしとたったのふたつしか違わないのだ。

「できた」

時尾の折り方は几帳面で、パーフェクトな出来だった。

「忘れるといけないから、もう一枚折ってくれますか。動画におさめます」

リクエストに応えて、わたしはまた折り始めた。本屋で男の子に折って見せたのを思い出す。太陽は喜んでいた。その喜びに救われたのはわたしだ。

折りながら尋ねた。

「あのおばあさんは今も来ていますか?」

「通夜女さんにはすっかりお世話になってしまって」

時尾はスマホで動画を撮影しながら言った。

「今日は？」

「ケーキ、一時あぶなかったんですよ」

それから時尾は口を閉じた。音声が入るからだろう。動画を撮り終えると、ようやく続きを話し始めた。

「五年ほど前のことですけど、トラブルがあって」

「トラブル？」

「前日残ったケーキを出したんです。賞味期限は守っているし、冬だったので問題ないと思ったのですが、腹痛を訴えたお客さんがいて、葬儀社はうちのケーキのせいだと決めつけ、出入り禁止になりました。保健所の立ち入り検査で、仕出し弁当に原因があったと判明したのですが、疑われた間、出せなくなったうちのケーキを通夜女さんは毒味だと言いながら食べてくださり、おたくのは大丈夫、一週間前のだって平気さとおっしゃって。ぼく、うれしくて泣きました」

「泣いたんですか」

「進退かかっていましたので」

「そうなんですか」

時尾はスマホの画像を見せてくれた。通夜女だ。あの時の写真だ。やはり彼女は実在していたんだ。

「永久保存版です。くじけそうになると見ます」

「あれ？　ほくろがない」

「ほくろって？」

「眉と眉の間に。ほら、大仏みたいな大きなほくろがあったでしょう？」

スマホの画像は鮮明なのに、ほくろがない。

「ありましたっけ？」

時尾は記憶にないと言う。

「小柄な人ですよね。白髪の」と確認すると、時尾は「そうですか？　むしろ大柄に見えました」と言い出した。

わたしたちの記憶はところどころ違っていた。

ひょっとして通夜女は人によって違って見えるのだろうか。こちらの気分によって、違って見えるのだろうか。

「西めぐみはどうしていますか？」

「西めぐみ？」

「サクラ・コムの」

　ああ、と時尾は大きく頷いた。

「彼女すごいことになっていますよ」

「通夜レディが大成功したのですか？」

「いいえ」

　通夜レディースサービスはうまくいかなかったらしい。葬儀に対応できる人材を確保して教育するシステムがうまくゆかず、撤退したのだそうだ。

「教育費と収益のバランスが悪く、採算が取れないと彼女はこぼしていました。契約を取るためにぺこぺこするのはごめんだと言って、人材派遣業をたたみ、別会社を立ち上げたんです」

「別会社？」

「メグ・フューネラル・コーポレーション」

「フューネラルって、葬儀会社？」

「ええ。彼女が言うには、将来的に葬儀産業は二兆円の市場規模になる可能性があるそうです。ただしこのままでは減収の一途だともおっしゃって」

「話が見えないのですが」

「健康志向が高まり、医療も進めば、現役で働いている四十代、五十代の死は減ります。おのずと高齢者の死が増えますが、シニア世代は社会とのつながりが減っているわけで、葬儀の規模は現役世代よりも縮小されます。どうしても家族葬になりますし、家族とも疎《そ》遠《えん》な場合は直葬《ちょくそう》に」

「直葬？」

「焼いておしまい、ってことになるのです。それを恐れているのは葬儀業界だけではなく、高齢者自身も不安を感じているのではないかというのが西社長の考えで、既成概念を覆す未来志向の葬儀会社を立ち上げたんです」

転んでもただでは起きない西めぐみだ。

「入居金億単位のセレブな老人ホームと提携して、高級木材を用いた棺の展示会を開いたり、その一方で、ロハス志向の人向けには段ボールで作った折りたたみ式の棺を通信販売で売ったり」

「通販で棺桶を？」

「ええ、それだけではありません。仏様に着せる衣装のファッションショーもプロデュースしています」

「ファッションショー？　死んだ人のファッションショー？」

「もちろん着るのは生きたモデルさんですよ。デザイナーズブランドと提携して、斬新な仏衣を開発し、それをスタイル抜群のスーパーモデルが着て、ランウェイを歩くのです」

「歩くって！　仏衣で歩く意味あります？」

「裾が翻って、見栄えがいいですからね。老人ホームの居住者にとっては近い将来の自分の服ですから、興味津々ですよ。ショーは大盛況です」

「そんな……」

「プレゼントし合う高齢者カップルもいます」

なんてことだ。終活って、堅実なものというイメージがあるけど、資産家にとっては、ちょっとしたレジャーなのかもしれない。世界一周旅行をする体力がなくなったら、終活で楽しもう、みたいな。

「そのほかにも、メルセデス・ベンツやフォルクスワーゲンと提携して特別仕様の霊柩《れいきゅう》車《しゃ》の発表会もやっています。お葬式で流す映像の製作も手がけるようになりました。故人の一生を俳優に演じてもらってドキュメンタリー風に仕上げるんです。生きているうちにご本人に監修してもらって、試写会も開いて。かなり予算がかかるのですが、予約が殺到しているらしいです。もうもう、いやあ……すごいです」

さすが西めぐみ。たのもしい。

一度は入社を誘われた。あの時通夜女に追い出されていなければ、わたしも彼女の会社に入り、仏衣のファッションショーに関わっていたのだろうか。いや違う、通夜女が協力していれば、通夜レディは成功し、サクラ・コムという派遣会社のままだったはず。いずれにしても、西めぐみは勝ち組にいる。必勝女なのだ。就職活動の躓《つまず》きを逆手にとって。すごい人だ。

「ニコニコケーキランドもメグ・フューネラルと提携しているのですか？」

「いいえ、うちは古くから創業している葬儀社さんと契約させていただいています」

「メグに断られたんですか？」

「違います。実はメグ・フューネラルさんの葬儀、トラブルが多くて」

「トラブルって、どんな？」

「棺桶って、最後にお骨がきれいに残るように、設計されているのです。火葬炉には台車式とロストル式があるのですが、どちらにも対応できる素材で、サイズも適正に作られています。なのに、燃焼テストもしていない通信販売の棺桶など持ち込まれては火葬場は困ってしまいます。その場で拒否され、お別れが数日延びてしまったこともありました」

「そんなこと、あったんですか」

「遺族から訴訟を起こされたりもしています」

そうか。新しい試みには失敗が伴うものだ。

「うちも民間会社ですから利益は大事です。でも利益を追求するというよりは、長く一定に確保するという方向で動いています。ケーキで葬儀に参入した会社の言い分としては矛盾があるかもしれませんが、昔ながらのやり方で滞りなく式を進めることがご遺族の満足につながると信じているんです」

トキばあに褒められそうな会社だ。

「西社長、先日会った時、まだおっしゃってましたよ。通夜女を知らないかって」

「え……」

「今も通夜女さんの力を欲しがっています」

「あの、そのことなんですけど」

「ウンチケーキ」

彼はくすりと笑って懐かしそうな顔をした。当時のことがフラッシュバックしたようだ。

「あの子、虫歯にならなかったかなあ。もう中学生ですね」

時尾は思いを巡らすような目をした。

小さな家のささやかな通夜を思い出す。ランドセルや灰色の上履きが目に浮かび、体が冷えてゆくような感覚に襲われる。彼が中学生になっているという物語はまぶしすぎる。

「グレてカツアゲとかしてるかも」とわたしは言った。

「いやいや、かなりの秀才で真面目くんじゃないかなあ」

時尾は微笑んでいる。彼を悲しませることは言わないでおこう。太陽が生きている物語の世界に自分もいることにしよう。

時尾はスマホを立てかけながらつぶやいた。

「これを遺影にして今からお通夜をしませんか」

わたしは耳を疑った。

「お通夜?」

「急に来なくなっちゃって」時尾は唇をかみしめた。

「誰のこと?」

「通夜女さん」

すっとみぞおちが寒くなり、夢物語からいきなり現実に引き戻された。

「いつから?」

「半年前」

「だからって、死んだわけではないでしょう?」

「気になって探したんですよ」

時尾は小さく咳払いをした。涙が出そうなのをごまかしたように見えた。

「隣町の公園で、身元不明の女性が亡くなったという情報が手に入りました」

「うそ……」

「高齢だったそうです。事件性はないらしくて」

ふいに、トキばあが死んだ時の光景が目に浮かんだ。

倒れた自転車。ひしゃげた前かご。あの時わたしが失ったのは前かごではない。叱り続けてくれたトキばあを失ったのだ。

写真を見つめながら神妙な顔をしている時尾に、わたしは言った。

「確かめたんですか？　この写真、警察に見せました？」

言葉に棘《とげ》がある。辛くなると人を攻撃する。自分を守るために。あの時もそう、太陽が死んだ時、通夜女を責めた。わたしは自分の問題を人に転化する。耐えられないから、人に投げる。しかも反撃してこない相手を無意識に選んでる。

ずるい。まだそういうことをする自分に嫌気がさす。

「この写真では同一人物かどうかわからないそうです」と時尾は言った。

「警察がそう言ったんですか？」

「いいえ、区の福祉課です。情報は行旅死亡人《こうりょしぼうにん》のリストから得たので」

「行旅死亡人？」

「身元不明で引き取り手のないご遺体は自治体が火葬してお骨を保管します。そして行旅死亡人として官報に記載されます。ぼくは通夜女さんを見なくなって二ヶ月後に思い切ってそのリストを当たってみたのです。そうしたら、この近くの公園で高齢女性が亡くなったという情報がありました。姿を見なくなった時期とほぼ一致しました。そのデータには服装や所持品について詳しい記載がなかったので、決め手になる手がかりはありません。官報には心あたりの人は申し出てくださいと書いてあったので、区の福祉課に行ってみましたが、この写真では身分証明にならないそうです。第一ぼくは親族でもなく、名前も知らない。お骨を引き取る資格はなく、それ以上相手にしてもらえませんでした」

それはそうだろう。思えば、わたしだってあかの他人だ。

「行旅死亡人の遺骨は親族が引き取らなかった場合、どうなるんですか？」

「五年で無縁仏として合祀《ごうし》されるそうです」

「通夜も葬儀もしないまま埋葬？」

「行旅死亡人は数が多くて、自治体が身内を探すのは無理があるようです。だから官報のデータベースに記載して、身内に見つけてもらうしかないのです。でも、データに載っているだけでは見つかりっこないですよ。そんなデータがネットに公開されているなんて、知らない人がほとんどですし、身元不明の人たちは長年身内とは音信不通になっているわけですからね」

「公園で死んだ人が通夜女と決まったわけじゃない」

わたしは遮るように言い、画像を見つめた。目をこらしても、ほくろは見当たらない。

わたしの通夜女と時尾の通夜女は別人なのだろうか。

「通夜女が公園に住んでいるわけがない」と言ってみた。言えばそれが事実になるような気がしたから。

「きっとテリトリーを変えたのよ。里に帰ったのかもしれない。きっとどこかでまだ通夜女をやっている」

そこまで話すと、あの夜の公園があざやかに目に浮かんだ。

星空に揺れるブランコ。丸い背中が小さくて、あまりにも小さいから、童女に見えた。

彼女にだって、子ども時代はあった。親は彼女にどんな名前を付けたのだろう。どんなふうに育ったのだろう。どのようなきっかけで、ひとりになってしまったのだろうか。

ねえ、通夜女。

あなたにはなぜ家がないの？

あなたから見えていた世界はどんな色をしていた？

好きな人はいた？　恋は叶った？　子どもはいた？

最期に何を見た？　青空？　夜空？　鳩はいた？

彼女の過去は香の煙のように消えてしまった。ひとりで抱えて持ってっちゃった。

ずるくない？

ふいに涙がこぼれた。

時尾がハンカチを差し出した。大判のハンカチ。葬儀にふさわしい白。皺ひとつない清潔なハンカチ。時尾そのものだ。わたしなんかが使えない。

「泣いてないから」

わたしは両手で顔を覆い、テーブルに肘をついた。頬をつたった水滴がテーブルに落ちる。

時尾は言う。

「うかれていると叱ってくれました。へこんでいると励ましてくれました。通夜女さんのことをぼくは勝手に……祖母のように感じているのです。家族ってこういうものなのかな、と想像したりして」

彼はひとりぼっちなんだ。通夜女もひとりぼっち。

わたしもそう。

あたたかい環境で育ったわたしが彼の前で「わたしもよ」なんて口にすることはできない。けれど、家族がいて、家があっても、ひとりだ。

大勢に囲まれていたって、最期はひとりで死んでゆく。正子おばさんだって、トキばあだって、わたしだってそう。

みなひとり、自分の物語を生きて、死ぬのだ。孤独死なんて言葉は嫌い。死はことごとく孤独なものだ。違う？

これは悲しみの涙ではない。くやし涙だ。

彼女にごめんなさいとありがとうを言いたかった。

太陽が死んだ時、あなたに当たった。ごめんなさい。

居場所のないわたしに寄り添ってくれた。ありがとう。

通夜を卒業させてくれてありがとう。

涙が止まらない。

こんなに泣くのは自転車が壊れた日以来かもしれないと考えたら、途端に可笑《おか》しくなり、わたしはくすりと笑った。

「泣いてスッキリしたかい？」

通夜女の声が聞こえたような気がした。

犬

翌年、連休を利用してオックスフォードに行った。

赤井理香子が研究職として大学に残れることが正式に決まり、「来ない？」と言ってくれたのだ。

ロンドンのヒースロー空港に彼女が迎えに来てくれた。少しふっくらとした姿を見て、マイペースを取り戻したのだと知った。

空港から彼女の暮らす街まではバスで二時間かかる。ふたりでバスに乗り、初めはおしゃべりに夢中になっていたが、途中から風景に気を取られた。都会から徐々に郊外の景色となり、やがて緑の芝が広大な墓地が見えてきた。

降りる人がいたので、バスは停車した。時間調整を理由に運転手はエンジンを止め、バスを降りて墓地の一角で煙草を吸い始めた。どうやら一服したかったらしい。

わたしたちはバスから降りず、窓を全開にして墓地の景色を眺めた。

緑が目に鮮やかだ。日本と空気の粒子が違うのだろうか、土、草、木、それぞれの色が立ち上がっている。芝に腰を下ろしてサンドイッチを食べている人々がいる。話には聞いていたが、ここならピクニックに最適だ。

大学のカフェに毎朝来ていたおしゃべりな老婦人がここに眠っていると、理香子が教えてくれた。

今も葬儀が行われていて、牧師が棺を前に何かしゃべっている。棺を取り囲むように喪服の人々が立っており、それは芝生の上に波紋のような輪を作っていた。

「ロンドンは火葬が主流だけど、このあたりは土地が豊かだから、土葬も残っているの」

と理香子が言った。

本葬は教会で行われるらしく、今は埋葬前の最期のお別れのようだ。

人の輪の一番外側に、黒いレースの喪服を身にまとった銀髪の小柄な老婆がいて、金髪の男の子と手をつないでいる。

なんだ、こんなところにいたの。

通夜女。そして磯野太陽も。

こんなところに……。

理香子が何かしゃべっているが、耳に入らず、時間が止まったような感覚に陥った。

わたしは通夜女の死をこの目で確認できなかった。磯野太陽の通夜からは逃げ出し、翌日の葬儀にも行けなかった。だからふたりがこの世にいないことをまだ飲みこめずにいる。時々こうして通夜女を見かける。

近所の小学校で、磯野太陽が友人たちとサッカーをしていたり。

彼女たちのいない世界で生きているのだ、という実感がない。心の一部が過去に置き去りにされているのだ。

死って、自分の周囲を形作っている世界から、ひとつのピースが欠けることだ。それを認識し、世界を再構築するために、人は葬儀をするのかもしれない。

先に進むには、喪失を受け入れる覚悟が必要なのだろう。目の前の埋葬の儀式もきっと前へ進むためのものなのだ。

葬儀の人の輪から少し離れた木の陰に、一匹の痩せた犬がいる。

灰色の毛はくすみ、ぼさついた尻尾は垂れている。枯れ枝のような脚を止め、首を伸ばして人の輪を眺めている。まるでその光景の一部になろうとするかのように。

空きっ腹で、雨をしのぐ屋根も持たぬ身だが、生と死がすべてのものに平等に与えられるのを知り、おだやかな気持ちになっている、そんなふうに見えた。

ぶるるるん、とエンジンがかかり、バスはゆっくりと発車した。

参考文献　『西洋哲学史』高坂正顕／創文社
『葬儀と日本人』菊地章太／ちくま新書
『葬送の仕事師たち』井上理津子／新潮文庫

取材協力　鈴木晴之（鈴木葬儀社）

解 説

シナリオ・センター代表　小林幸恵

大山淳子さんの感性が大好きです。

大山淳子さんの描いたドラマは、面白いです。

この人は、生まれもっての映像作家、シナリオライター（脚本家）だと私は思います。

だから、小説が面白いのです。

文字を追っていると、頭の中に映像が浮かびます。登場人物たちが頭の中で生き生きと動き出します。

小説って、読み物ですけれど、どなたの頭も映像、いわゆるイメージを浮かばせながら読んでいるのです。脳内でドラマが映されて。

ね、大山淳子の小説は、ドラマをワクワクしながら見ているように読めるでしょ。

しつこいようですけれど、だから面白い。ページをめくる手が止まらないのです。

大山さんは、2006年に「三日月夜話」で「第32回城戸賞」入選、07年「NHK名古屋創作ラジオドラマ脚本募集」入選、同年「平成19年度中四国ラジオドラマ脚本コンクール」佳作、毎年怒濤のように様々なコンクールを制覇し、08年「函館港イルミナシオン映画祭シナリオ大賞」グランプリ（函館市長賞）をこの小説の基となる「通夜女」で受賞します。

こうして、大山さんは、脚本家を目指して一生懸命シナリオ（脚本）コンクールに頑張っていたのですが、シナリオコンクールをいくつ受賞しても、なかなか放映にこぎつけませんでした。

映画もテレビドラマもオリジナルシナリオが極端に減り、小説や漫画を原作としたドラマが、とても多くなっていました。名もないシナリオは映像化に結びつかなくなったのです。

そこで、作戦を変えました。

大山さんは、ドラマのための原作を書いた方が映像化になるのではと小説を書き始めたのです。

ちょうど一石二鳥を狙った「第3回TBS・講談社ドラマ原作大賞」があり、そこでみごと大賞をとり、小説家と脚本家という二足の草鞋《わらじ》を履《は》くことに成功したのです。やりましたね、大山さん。

受賞作「猫弁　死体の身代金」が改題されて「猫弁　天才百瀬とやっかいな依頼人たち」で小説家デビューしました。

そして、原作をご本人がシナリオを描いて、吉岡秀隆さん主演でドラマ化され、第二弾「猫弁と透明人間」も小説もドラマも評判をとりました。

作戦大成功!!

で、今、大山淳子さんは小説家として名を成しています。

大山さんが、小説を書いた目的は、原作が売れたらシナリオが書けると、小説はあくまで手段で、目的はシナリオライターになるためだったはずなのですけれど……。

小説は手段ではなくなりました。

大山淳子さんは、売れっ子の小説家になられました。

「猫弁」シリーズも「あずかりやさん」シリーズも、他の小説も評判がとてもよく、本が売れないこの時代にもかかわらず、売れちゃっているのですからね。

しようがないのです。なにせ、大山さんの書かれる小説は、どうなるの？　なんなの？　と結構な勢いで引っ張り回すくせに、どれもこれも心が和む、温かくなる、読後、包み込まれるような優しさを感じる作品ばかり。

読みたくなります。

ちょっと触れましたが、「通夜女」は、もとはシナリオコンクールで受賞したシナリオでした。その時の、このシナリオを初めて読んだ時の衝撃は10年以上経った今も忘れません。シナリオは、当然小説ほど書き込まれていません。

通夜を渡り歩き、亡くなられた方々の人生を垣間見つつ、老通夜女のフォローで変化していく小夜子《さよこ》の姿をほぼ2時間の映画シナリオとして圧倒的な迫力で描いていました。見ず知らずの通夜に出ることを喜び、趣味としている24歳の女性が主人公で、通夜女になる。一体、この設定、どうすれば思いつくのでしょう。

実は、このシナリオを描いている時、大山さんは腰を悪くして歩くこともできず、ほぼ寝たっきり状態。座れる5分の限界でパソコンに向かっていました。

「体が動かせなくても、瞼の瞬きだけで書いている人もいますから」とシナリオ・センターのスタッフに言われ（ちなみに私ではありません。私はとてもやさしい人なので、腰痛では死なないと言っただけのような）、「たまには天井を見ながら妄想するのも発想が広がるよ」と担当講師からの、なんともすさまじいやさしい励ましを胸に、「たくさん発想する時間ができたんだ」と気持ちを切り替えて、描き続けたのがこの作品。

シナリオ・センターのゼミナールでは、二百字詰原稿用紙20枚で描く「20枚シナリオ」

というディテールの勉強をしています。

課題に添って書いてきた習作を15名ほどの仲間に聞かせ、感想をもらいます。他人がどんな風に受け取るのかを知るためです。そして、最後に講師がどうするともっとよくなるかを技術的に講評します。

これを基礎クラスの本科で20本、応用クラスの研修科で30本繰り返していくのですが、大山さんは、毎週、すべての感想と講評を書き留め、指摘されたところを、帰ったらすぐに直すことを繰り返していました。

ゼミの仲間が、作品の主人公を男にしたほうがいいか女にしたほうがいいか、大山さんに相談しました。「両方で描いてみれば」と、さらっといわれて絶句したという話もあります。なにしろ、大山淳子はどんどん描く人なのです。そして、他人の話をちゃんとちゃんと聞く人なのです。で、折れそうに細くて小さい身体なのに芯が強く負けないのです。

本人は、シナリオを描きたくて描きたくてたまらなかっただけと言っていますが、こんな人は、普通いません。

「泣き女」はありますが、「通夜女」という言葉は、広辞苑にも出てきません。

シナリオでも小説でも、「都市伝説」と葬儀場のケーキ屋さんに言わせていますから、大山さんのオリジナルなのでしょう。

毎週の20枚シナリオに向かう精神、ゼミでの姿、パソコンに向かう執念、こんな大山さんを見ていたら、このくらいの設定を思いつくのは、お茶のこさいさいな気がします。いつだって、アンテナ全開で人と接し、書くことを喜びとしているのですから。何度でも言いますが、こんな人はいません。

小説では、登場人物も、エピソードも増えて、もちろん小夜子の人生の変化をもたらすのは通夜女が一番なのですが、葬儀場で知り合ったケーキ屋時尾《ときお》、幼馴染の理香子《りかこ》、両親、真面目な弟、お父さんの姉正子《まさこ》おばさんとパートナー、通夜レディ、そして本人の葬式から始まるので実際には登場してはこないのですが祖母トキばあなど等、様々な人間の濃いキャラクターが織りなす背景・事情がまわりを固めて、一筋縄ではいかない誰もの生き方が、よりお話を重厚にしています。

サスペンスのように次から次へと事件が起こるわけではないのですが、亡くなった人の背景、葬儀の場にかかわる人々の事情が結びついて、主人公を翻弄し、心の変化をもたらしていく構成の巧《たく》みさに舌を巻きます。

大山さんのキャラクターづくりはシナリオライターとしても定評のあるところでした。読者の皆さんもこの小説のみならず「猫弁」「あずかりやさん」などの小説でもキャラクターの虜《とりこ》になったかと思います。

「名前は人様へ見せる記号で、看板だから、こぢんまりしたほうがいい。人に『どうだ！』と威張ってみせるものじゃないし、親の夢なんかこめるものじゃない。常にスミマセンと縮こまっていればいい」という祖母トキばあの言葉で決まった主人公小夜子、弟小太郎《こたろう》の名前。

「小」をつけて「大したもんじゃありませんが、失礼します」って遠慮の固まりのような名前になった小夜子と小太郎。これだけで、二人のキャラが感じられます。名は体を表すといいますから。

また、小夜子は、トキばあから端をピシッと合わせておる折り紙を子供の頃に徹底的に躾《しつ》けられ、大学では折り紙サークルに入ります。

「折り紙が好きだ。鶴、奴《やっこ》さん、船、駕籠《かご》、昔からある折り方は指が覚えている。創作するよりも、正しく型にはめる作業が好きだ。正解が決まっていて、言われた通りにしていけば、全員そこにたどり着ける。そのお約束が心強い。正しく折ったのに目的の形にならない、なんてことはありえないわけで、失敗には必ず原因があり、そこをつきとめて修正すれば、次の成功は約束されるのだ。折り紙は万人に公平性を保つ。そこが魅力だ」

この小夜子という名前や折り紙に対する考え方が、小夜子のキャラを成していて、それゆえに就活に失敗し、二回目のデートもなく、どこにも属せない無所属の人になってしまいます。

そんな小夜子が、通夜女の道へ走りだすきっかけとなったのが、祖母トキばあのお通夜。トキばあが倒れた時に、小夜子が買ってもらったばかりのピンクの新品の自転車のかごをつぶしてしまい、それが悲しくて小夜子はずーっと葬式で泣いていたのですが、泣いている小夜子をみた親戚たちに「情が厚い子」だとほめられ、通夜振る舞いの美味《おい》しいお寿司を食べさせてもらったことから「カ・イ・カ・ン」を覚えてしまいます。

大人になって、就職活動で心がぽっきり折れた小夜子は、弟小太郎の結婚式の後、ふらりと知らない人の通夜に立ち寄り、通ううちに不思議な老婆と出会います。彼女は「通夜女」と名乗り、小夜子も「通夜女」として見ず知らずの人の通夜に訪れるようになります。

登場人物のキャラクターができていると、背景・事情をしっかりと描くことができ、対立、葛藤《かっとう》、相克《そうこく》が鮮やかに表現されて、面白くなるのです。

サスペンスでもラブストーリーでもないのに、大山淳子の罠《わな》、術中にはまって次々とページをめくらせられてしまう、そのわけは、キャラクターと巧みな構成、そして、目に見えるようなシーンを描く見せる技術。

折り紙は、キャラクターを語り、伏線としても、小道具としても生きています。そして、ラストに折り紙は羽ばたきます。

これがシナリオライターの腕、シナリオの技術なのです。

楽しんでください。脳内ドラマを描くシナリオライター脳の小説家大山淳子の作品を。


大山淳子は、「通夜女」のシナリオで受賞した時、「ヒーローを書きたい、書き続けていたい。今回の作品でいうと、通夜女がヒーローです。スーパーマンみたいな見るからにかっこいいヒーローじゃなくて、社会的にはドロップアウトした人でも、その人なりの美意識を持って生きることでヒーローになれる。歴史に名を残さなくてもいい。そばにいる誰かを幸せにすることは誰にでもできるんじゃないかと。そんなヒーローに私もなりたいのです。自分の夢を作品に投影し続けたいです」といいました。

大山淳子は、出会った時から私のヒーローでした。

創作に向かう大山淳子は、どんなにヨタヨタしながらでも、痛みをこらえながらでも、果敢《かかん》にパソコンに向かって、輝くようなヒーローであり続けるのです。

二〇二二年　七月

この作品は2019年10月徳間書店より刊行されました。
なお本作品はフィクションであり実在の個人・団体などとは一切関係がありません。
JASRAC出2206333-201

徳間文庫

通《つ》夜《や》女《め》

2022年9月15日 初刷

著者 大《おお》山《やま》淳《じゅん》子《こ》

発行者 小宮英行

発行所 株式会社徳間書店

東京都品川区上大崎三-一-一
目黒セントラルスクエア 〒141-8202

電話 編集〇三(五四〇三)四三四九
販売〇四九(二九三)五五二一

振替 〇〇一四〇-〇-四四三九二

印刷
製本 大日本印刷株式会社

ISBN978-4-19-894773-6 (乱丁、落丁本はお取りかえいたします)